liquor & cigarette

CARLSEN MANGA PRÄSENTIERT

liquor & cigarette

RANMARU ZARIYA

Contents

LIQUOR
AND
CIGARETTE

RITSCH
TABACOS
CAMILOS LOCKIGES DUNKLES HAAR UMGIBT DER DUFT...
... SEINES GRAPEFUIT-SHAMPOOS...
#1

TABACOS
PUROS
TABACOS
... UND DER LEICHTE GERUCH NACH TABAK.

LIQUOR

TABACOS
UND DIEJENIGEN, DIE VON AUS-SERHALB BEI IHM EINKAUFEN, KOMMEN NICHT WEGEN DER ZIGARETTEN, SONDERN WE-GEN CAMILO.
SEIN TA-BAKLADEN HAT VIEL KUND-SCHAFT.
NIE IM LEBEN RAUCHEN DIE.

TABACOS
HIER.
VERTEILST DU WIEDER SÜSSIGKEITEN AN DEINE KUNDINNEN?
ICH DACHTE, DIE WÄREN FÜR KINDER, DIE FÜR IHRE ELTERN ZI-GARETTEN KAUFEN?

CAMILO UND ICH SIND SCHON SEIT DER WIEGE AN FREUNDE.
WIR BEIDE HABEN DAMALS JEWEILS DAS FAMILIENGESCHÄFT ÜBERNOMMEN, WEIL UNSERE ELTERN SICH ZUR RUHE SETZEN WOLLTEN.
ICH BIN EIN SPIRITUOSENHÄNDLER ...
... UND CAMILO VERKAUFT TABAKWAREN.

HÖR MAL, TEO...
... ICH FÜHL MICH GEEHRT, DASS DU MIR DAS ANVERTRAUT HAST...
ZISCH

IST DOCH KEINE SCHANDE, WENN MAN ALKOHOL NICHT VER-TRÄGT!
... ABER WÄRE ES NICHT BES-SER, WENN DU DAMIT OFFEN UMGEHEN WÜRDEST?
AUF GAR KEINEN FALL! ICH BIN DOCH DER LOKALE SPRITHÄND-LER!!
DEIN BERUF HAT DOCH NULL MIT DEINEN FÄHIGKEITEN ZU TUN, OB DU UNMENGEN AN ALK VERTRÄGST. DEINE LEBER IST EBEN NICHT DARAN GE-WÖHNT.
UND GENAU DESWEGEN UNTERZIEHE ICH SIE JETZT EINEM TRAINING. GEHT JA NICHT AN, DASS MICH ALLE UNTER DEN TISCH TRINKEN.
SAG MAL...
... WAS SIND DAS FÜR FOTOS?
AH!

DIE SIND FÜR MEINE MAMA. ICH SOLL IHR BIS ZUM ENDE DES MONATS FOTOS VON OMA ZU-SCHICKEN.
SIE WILL IHR ZUM 80. GEBURTSTAG EIN NEUES ALBUM ZU-SAMMEN-STELLEN.
DARF ICH MAL?
WENN DU NICHT LACHST...
OH, DIE IST JA FRÜH WEGGEZO-GEN... WIE HIESS SIE GLEICH?
TEO, IHR WART DOCH BEFREUN-DET, NICHT?
ICH DACHTE IHR WÄRT ...
DEIN VATER OHNE BART!!

OH, HIER HAST DU EINEN GIPS!
WO?
DA, ALS DU DIR DAS BEIN ZER-DENGELT HAST.
STIMMT, DAS WAR DOOFER-WEISE KURZ VORM AB-SCHLUSS ...
DU WOLLTEST EINEN KÄFER FANGEN UND BIST DABEI DOOF GEFALLEN ...
BLÄTTER
... DEINE MUTTER WAR MEGA ANGEPISST.
EIN DUFT NACH GRAPE-FRUIT ...
... UND ZIGA-RETTEN ...

ZUCK
... DAS WAR JA GERADE EIN SEXY BLICK...
... HAST DU GRADE NACHGE- DACHT, WIE ES DENN MIT EINEM MANN SO WÄRE?
WAS?!
W...WAS REDEST DU DA?
SCHOCK

VOR DEINEM ALLERLIEBSTEN SANDKASTEN-FREUND BRAUCHST DU DICH NICHT ZU VERSTECKEN.
CAMILO IST BI...
... UND DAS WISSEN ALLE SEIT EINER EWIGKEIT.
GIBT ES EINEN MANN IN DEINEM LEBEN?
NA... NATÜRLICH NICHT!
ICH DAGEGEN STEHE AUF FRAUEN...
... ZUMINDEST GLAUBTE ICH DAS IMMER...
BLINZEL
IRGENDWIE WIRD DAS GESPRÄCH SELTSAM...

HM...
SAG'S NICHT, CAMILO ...
WIE WÄR'S DANN MIT MIR?
ER SAGT ES!!
WAS MEINST DU? ICH WILL WAS FESTES MIT DIR!
WAS SOLL DAS PLÖTZ-LICH?
DAS IST JETZT NICHT AUS EINER LAUNE HERAUS. DU HAST DOCH...
... MEINE BLICKE BEMERKT, ODER?
... UH ...

TEO...
WAS SOLL DAS?! D...DU WEISST DOCH, DASS ICH BIS VOR KURZEM NOCH EINE FREUNDIN HATTE!
... UND WIR KENNEN UNS SCHON EWIG...
U...UND AUSSERDEM... DER »SEX«! ALSO UNTEN UND OBEN IST DA DOCH GANZ WICHTIG, NICHT?
ALSO OB MAN BEIM »SEX« ÜBERHAUPT ZUSAMMENPASST, RICHTIG?
ÄH... NICHT DASS ICH DAS WIRKLICH WEISS...
HM, ACH SO... ALSO ICH BEVORZUGE ES, OBEN ZU SEIN. ABER DA SEH ICH MIT DIR ALS ABSOLUTEM *BOTTOM* KEINE SCHWIERIGKEITEN.
ICH ALS ABSOLUTER BOTTOM?!
ES REICHT. RAUS MIT DIR! GEH HEIM!!
SCHIEB
ES IST DOCH NOCH NICHT MAL 9!!
SCHIEB
SCHIEB

MACHT NICHTS, DER FRÜHE VOGEL FÄNGT DEN WURM, ICH GEH SCHLAFEN!
PACK
ICH BITTE DICH, DENK IN RUHE ÜBER MEINEN VORSCHLAG NACH...
DU MUSST MIR NICHT SOFORT ANTWOR-TEN.
NIMM DIR ZEIT UND GIB MIR DANN EINE ANT-WORT.

SCHLAF GUT!
E...
ER HAT MICH GE-KÜSST?
TAPP TAPP TAPP TAPP
BAMM

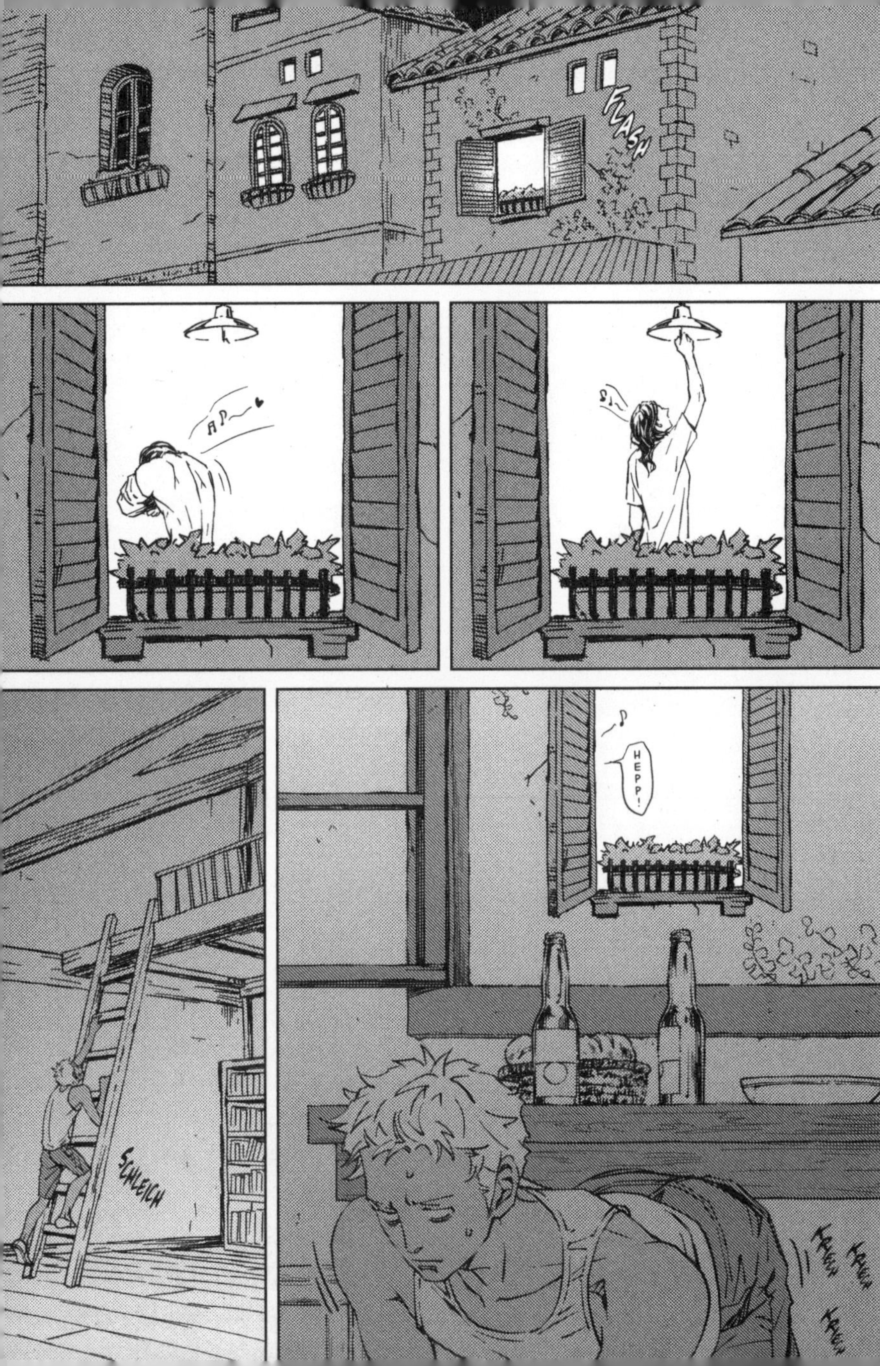
FLASH
HEPP!
SCHLEICH

NEBEN MEINER UNFÄHIGKEIT, VIEL ALKOHOL TRINKEN ZU KÖNNEN, HABE ICH NOCH EIN ANDERES GEHEIMNIS.
ACH ...
SEIT UNSEREM LETZTEN SCHULJAHR...
HM.
... SEHE ICH MEINEN SANDKASTEN-FREUND...
... CAMILO IN EINEM GANZ ANDEREN LICHT.
WIR WAREN IMMER ZUSAMMEN... OB IM KINDERGARTEN ODER DER SCHULE...

ALS TEENAGER SCHOSS ER PLÖTZLICH IN DIE HÖHE.
UND SEINE STIMME WURDE GANZ DUNKEL.
SEITDEM WAR ER EIGENTLICH DER FRAUENSCHWARM SCHLECHTHIN!
MEIN BEIN BRACH ICH MIR GANZ KURZ VORM ABSCHLUSS.
CAMILO HAT MICH DAMALS MIT DEM FAHRRAD ZUR SCHULE GEFAHREN UND MICH ZUR NOT AUCH DURCH DIE GEGEND GETRAGEN.
DIE MÄDELS WAREN DAMALS ECHT NEIDISCH.
TEO, RUNTER MIT DIR!
CAMILO, TRÄGST DU MICH AUCH MAL? ♥
UND DANN... EINES TAGES...
OH, BIST DU ALLEIN, TEO?
JA.

WO IST DENN DEIN SCHATTEN CAMILO?
KEINE SORGE, ICH KOMM SCHON MAL 5 MINUTEN ALLEINE KLAR!
STEMM
OKAY, DANN BRING ICH DICH HEUTE MAL HEIM!
WAS SOLL DER QUATSCH?!
TEO!!
HAST DU DAS MIT DEM LEHRER ERLE-DIGT?
JEPP, REICH IHN MIR MAL RÜBER!
... VER-STEHE...
BIS DENN!
UFF!
DER WOLLTE BESTIMMT MIT SEINEM GEWICHT-HEBEN BEI ALLEN AN-GEBEN!
NÖ, TEO, BIST DU BLIND?
HM?
ER WOLLTE DICH EIN-FACH NUR IM ARM HALTEN!

BITTE...
... LASS DICH NICHT NOCH EINMAL SO VON JEMAND ANDERS IN DEN ARM NEHMEN.
BITTE? VERSTEHST DU MICH?
ER SAH DAMALS SO... UNSICHER AUS. UND GLEICHZEITIG EIFERSÜCHTIG.
DAS WAR DAS ERSTE MAL, DASS ICH CAMILO SO GESEHEN HATTE...
... JA...
BABUMM
BABUMM
... JA!
UND DER MOMENT, IN DEM ICH IHN TIEF IN MEINEM INNEREN NICHT MEHR NUR ALS EINFACHEN SANDKASTENFREUND ANSAH.

ES WAR AUCH DER AUGENBLICK, ALS MIR ERSTMALS BEWUSST WURDE...
... DASS ICH FÜR CAMILO NICHT NUR EIN KUM-PEL WAR...
ACH ...
HAB ICH EINE NEIGUNG ZU MÄN-NERN?
BIS JETZT HABE ICH MICH NUR IN FRAUEN VERLIEBT...
... NUR BEI IHM GERATE ICH...

KEUCH
KEUCH
LIEFER-SERVICE IST ECHT NERVIG!
2016
uvas
Festival de la cosecha
8,17
OH, DAS TRAU-BENFEST STEHT JA BALD VOR DER TÜR...
... DA TREFFEN SICH BE-STIMMT...
2016
uvas
Festival de la cosecha
8,17
TEO!!

DIEGO!
DIESES JAHR BIN ICH MIT DABEI!
HÄ?!
NA, ICH MEINE DEN »TASTE & DRINK«-WETTBEWERB BEIM TRAUBENFEST!
KOMISCH, DASS DU DA BISHER NOCH NIE TEILGENOMMEN HAST.
T
WARUM SOLLTE ICH BEI SO WAS MITMACHEN?
D
WARUM NICHT? IST DOCH EIN UNGESCHRIEBENES GESETZ UNTER UNS SPIRITUOSENHÄNDLERN, DASS MAN BEI SO ETWAS TEILNIMMT. DU BRICHST DIESES UNGESCHRIEBENE GESETZ.
T
NA... WENN ICH DAHIN GEHE, KÜMMERT SICH JA SONST KEINER UM DEN LADEN.
D
PAH, DEIN LADEN WIRFT EH NICHTS MEHR AB, DEN KANNST DU SCHLIESSEN. WARUM SOLLTE MAN ZU DIR GEHEN, WENN ES EINEN BESSEREN LADEN IN DER GLEICHEN STRASSE GIBT.
T
WAS SOLL DAS? STIEHLST ERST MEINE KUNDEN UND DANN LABERST DU SOLCHEN DRECK?!
STEHLEN? HATTE ICH GAR NICHT NÖTIG. ICH KANN MEINE KUNDEN EINFACH SO GUT BERATEN, DASS SIE GERNE ZU MIR KOMMEN.
IST DOCH KLAR, SCHLIESSLICH WAR ICH LETZTES JAHR SIE...
ACH, EGAL. KOMM NICHT, ICH HAB DEN SIEG EH SCHON IN DER TASCHE.
DEINE TEILNAHME WÜRDE DARAN NICHTS ÄNDERN.

ALLES KLAR, DIE WORTE WIRFST DU FRESSEN, WENN ICH BEIM FEST TEILNEHME!
DIESES JAHR WIRST DU NICHT GEWINNEN!!
ICH BIN SO EIN IDIOT! WAS MACH ICH JETZT?
ICH KANN NICHT DARAN TEILNEHMEN! DANN WEISS JA JEDER, DASS ICH NICHTS VERTRAGE!
WAS MACH ICH BLOSS...
SEUFZ
UND CAMILO SUMMT DA SEELENRUHIG IN SEINEM LADEN...
... WÄHREND ICH IN EINER KRISE STECKE! UND STEMPELT MICH ALS BOTTOM AB...

ALS ABSOLUTER BOTTOM...
WIE GEMEIN!! DAS BIN ICH NICHT!!
KLAPPER
UND WENN ES SO WÄRE...
... DANN WÄRE DAS DEINE SCHULD.
DER BLICK DIESES SCHÖNEN MANNES.
DAS GEFÜHL ZÄRTLICH BEHANDELT ZU WERDEN.
DAMALS HAT CAMILO DIESES ZARTE GEFÜHL IN MIR GEWECKT, SO ALS OB ICH EIN HÜBSCHES MÄDCHEN WÄRE...

DAS HAT MICH BESTIMMT BEEIN-FLUSST...
KOMM NICHT RAN!
... UND DINGE IN MIR ER-WECKT, DIE ICH GAR NICHT FÜHLEN WOLLTE.
TIPP
HEB
CAMI-LO!
SCHOCK
OH, SORRY, WOLLTE DICH NICHT ERSCHRE-CKEN.
FRAG MICH DOCH VORHER!
MOTZ
TUT MIR LEID. HIER, DA KAM EIN RUND-SCHREI-BEN...
DAN-KE.
ER IST SO GROSS!
DAS WÄRE ICH AUCH GERNE.

SEIN KRÄF-TIGER HALS...
... GEPAART MIT SEINER MUSKULÖSEN BRUST...
BESTIMMT STEHEN DIE MÄDCHEN SCHLANGE, UM VON IHM UMARMT ZU WERDEN.
TEO?
ZUCK
DU MACHST SCHON WIEDER DIESES GESICHT ...
EH?!
CA... CAMI-LO?
ICH... KOMM NICHT WEG!
THUD
DU BIST WIE EIN OF-FENES BUCH. ENTSCHEIDE DICH BALD, DENN ICH KANN MICH NICHT MEHR LANGE ZURÜCK-HALTEN...
WOVON ZURÜCK-HALTEN?
TEO, LASS MIR DIR EINEN RAT BEZÜGLICH DER LIEBE GEBEN...

ALLES IST OKAY, WENN DU DIE PERSON WIRKLICH LIEBST...
... EGAL WELCHES GESCHLECHT SIE HAT.
DAS IST DOCH GANZ NATÜRLICH, ODER NICHT?
CA... CAMI-LO...
TEO, BIST DU DA?
SCHRECK

DA BIST DU! HAST DU EIN FEINES FLÄSCHCHEN FÜR MICH?
NA KLAR, IMMER REIN!
BABUMM BABUMM
DAS WAR KNAPP! DAS WAR VIEL ZU KNAPP!!
GLU GLUCK
016
uvas
Festival de la cosecha
8,17
JA!
JETZT EIN BIER!

BÖLK BÖLK
VER-
DAMMT
...
... ICH
HAB HEUTE
NICHT
MEHR DEN
MUMM,
IHN ZU
SEHEN...
PLOPP
UOOOOOOH!
KICK
KICK
KICK
OB ICH
AUCH BI
BIN? ODER
FÜHL ICH
NUR BEI
CAMILO
SO?

WAS, WENN ES EIN ANDERER MANN GEWESEN WÄRE?
UND KEIN KUNDE JUST IN DEN LADEN GEKOMMEN WÄRE...
DANN KANN ICH MIR DAS NICHT WEITER VORSTELLEN.
OH, TEO! WAS MACHST DU DENN DA?
DIEGO?!
ALLEINE AM TRINKEN?
WEM WILLST DU WAS BEWEISEN? DU KANNST DOCH GAR NICHT TRINKEN.
SCHRECK
WA... WAS SAGST DU DA?!
GLAUBST DU, DU KÖNNTEST DAS VERSTECKEN?
BEI JEDER FEIER EINE ANDERE AUSREDE, ENTWEDER MAGENSCHMERZEN ODER DU MÜSSTEST FRÜH RAUS...
GIB SCHON HER, DU SCHAFFST DIE ZWEITE FLASCHE DOCH NICHT MEHR!
...

ACH KACKE, AUSGE-RECHNET DU...
... KREUZT JETZT AUF!
HÖR AUF ZU NÖLEN, DAS IST UNCOOL!
WAS?!
BAAA
MAN KANN DOCH SEIN LEBEN GENIESSEN, OHNE DASS MAN SEINE LEBER QUÄLT.
ÄÄÄH ...
... STIMMT SCHON! ICH MUSS NUR SO VIEL TRINKEN, BIS ICH DEN GESCHMACK ERKANNT HABE UND ZWISCHEN GUTEM UND SCHLECHTEM ALKOHOL UNTER-SCHIEDEN HABE, ODER?
WENN ES UM DAS TRAUBENFEST UND DEN WETT-BEWERB GEHT, MUSS ICH DICH ENTTÄUSCHEN. DA MUSS DAS GLÄSCHEN SCHON LEER GEMACHT WERDEN!
...
EX
NA JA, VIEL ERFOLG UND SO!
ABER IST DAS NICHT QUATSCH? SEI DOCH ENDLICH EHRLICH ZU DIR SELBST...
... DAS WÜRDE DIR DAS LEBEN EINFACHER MACHEN.

EHRLICH SEIN?
JA, DU BIST ZWAR SPIRITUOSEN-HÄNDLER, ABER BEISS DICH DA DOCH NICHT SO FEST.
DANKE FÜRS BIER!
ARGH!!
ER-ZÄHL'S KEI-NEM!
SCHICK MIR WAS FEINES!
HM...

!
SCHWANK
SCHWANK
AH, CAMI-LO!
TEO!
SCHWANK
ÖH, WARTE. ICH HELF DIR!
KLACK
TAPP
TAPP

HAST DU ALLEINE GETRUNKEN?
DU KANNST JA NICHT MEHR GRADE STEHEN. ALLES OKAY?
FEIN. ALLES FEIN.
KANNST DU LAUFEN? ODER SOLL ICH DICH TRAGEN?
TEO?
...
FASST DU FRAUEN ANDERS AN ALS MÄNNER?
HM, WARUM FRAGST DU?
FASST DU FRAUEN ZÄRTLICHER AN ALS MÄNNER? IST DOCH EIN UNTERSCHIED, ODER NICHT?
LÄCHEL
NEIN, DA GIBT ES KEINEN UNTERSCHIED. WENN DIE PERSON MIR WICHTIG IST, DANN BERÜHRE UND BEHANDLE ICH SIE GLEICH ZÄRTLICH. UNABHÄNGIG VOM GESCHLECHT.

UND GENAU JETZT BEHANDLE ICH DICH SANFT UND ZÄRTLICH.
... DU BIST SO BELIEBT, ABER ICH SEH DICH NICHT MEHR MIT ANDEREN MÄNNERN ODER FRAUEN. MEINETWE- GEN?
... JA...
...
CAMI- LO...
ICH... BIN IN MANCHEN ANSICHTEN SEHR KON- SERVATIV, UND DAS MACHT MIR ZU SCHAF- FEN...
MEINE EIGENEN GEFÜHLE AUSDRÜCKEN KANN ICH NICHT SO NATÜRLICH WIE DU...
... ALSO...

... SELBST WENN ICH DICH MÖ...
WARTE!
HAB ICH NICHT GESAGT, DU SOLLST DIR ZEIT LASSEN?
UND BEVOR DU EINE ENTSCHEIDUNG FÄLLST, WILLST DU ES NICHT MAL AUSPROBIEREN?
WIE?
WIR DATEN – UND DU WIRST SEHEN, OB DAS FÜR DICH GEHT MIT EINEM MANN...
... UND OB DU DICH IN MICH VERLIEBST.
DATEN?!
DANACH BEDRÄNGE ICH DICH AUCH NICHT WEITER.

UND ICH BEGRABE MEINE GEFÜHLE.
ALSO, DARF ICH DIR NÄHERKOMMEN? NUR SO LANGE, BIS DU EINE ANTWORT FÜR MICH HAST? WIR KÖNNEN DAS GANZ LANGSAM MACHEN.
ABER... DU BIST DOCH KEIN TESTOBJEKT...
ICH HAB DOCH DEN VORSCHLAG GEMACHT.
UND SO HAB ICH BESSERE CHANCEN, DEIN HERZ ZU GEWINNEN...
HA?
WARTE. ICH BIN TOTAL BETRUNKEN!
DANN...

... KANNST DU ES JA DARAUF SCHIEBEN!

TSCHIRP
TSCHIRP

※
CAMILOS ZIMMER
NACKT
ZZZ
NICHT SEINE BOXERSHORTS
※
FILMRISS NACH DEM KUSS
TSCHIRP
TSCHIRP
...
CAMILO!!
GUTEN MORGEN! WAS MACHT DEIN SCHÄDEL?
WO SIND ME...MEINE KLEIDER? MEINE BO... BOXERSHORTS?!
OH, ICH HAB DICH AUSGEZOGEN, WEIL DIE SO NACH ALK GESTUNKEN HABEN. DIE SHORTS WAREN UNTENRUM GANZ FEUCHT, DIE MUSSTE ICH AUSWASCHEN UND SIE TROCKNEN NOCH.
ICH BRAUCH FEUER.
WO GENAU?
FEUCHT? UNTENRUM?!
DER KUSS HAT DICH WOHL UMGEHAUEN! DAS WAR SCHMEICHELHAFT! ♥
KEINE SORGE, SONST IST NICHTS PASSIERT.

BIS AUF DAS...
EH?
ICH HABE ...
... WÄHREND ICH DICH AUSGEZOGEN HABE, AN DEINEN NIPPELN GELECKT.
AAAAAH!
DIE GERÄUSCHE, DIE DU GEMACHT HAST, WAREN SO... SÜSS! ♥
ICH FÜHLE MICH GANZ GLÜCKLICH!!
ICH WILL UNBEDINGT DEIN LIEBSTER WERDEN!
ICH HABE ÜBRIGENS GEHÖRT, DASS DU BEI DEM WETTBEWERB TEILNEHMEN WILLST.
STIMMT.
KEINE SORGE, DU MUSST NUR JEDEN ABEND DAS TRINKEN ÜBEN. ICH LEISTE DIR DABEI GESELLSCHAFT!
MACH DIR ALSO KEINE SORGEN, ICH KÜMMER MICH DANN UM DICH. ♥
TABACOS

#2

HM, DER ORUJO ...
... SCHMECKT NUR IN KLEINEN MENGEN GUT...
... UND IST VIELLEICHT ZU VIEL FÜR MICH.
ABER WENN ICH MICH NUR AN BIER HALTE, TRAINIERE ICH NICHT WIRKLICH ...
CAMILO!!
MARCIA, LISA, GIANA, IHR HABT EUCH JA HEUTE FEIN GEMACHT!
JAHAA!
WAS SOLLT IHR BESORGEN? EINE STANGE FORTUNA?
GENAU!!

HEUTE MAL IM KLEIDCHEN, HM?
ACH, DIE DRILLINGE!
HALLO TEO!
WARTET!
KRITZEL
Fumar mata
* RAUCHEN TÖTET!
JIPPIE!!
UND HIER IST EUER DANKESCHÖN, DASS IHR SO LIEB DIE EINKÄUFE ERLEDIGT.
IST ER NICHT EIN GUTER KUNDE VON DIR?
JA, UND DESWEGEN SOLL ER SICH MÄSSIGEN. NUR SO KANN ER IMMER WIEDER BEI MIR EINKAUFEN.

BIS BALD, CAMILO!
BIS BALD!
TSCHÜSS!!
DU BIST ECHT BELIEBT.
UND WIE SIEHT DEIN PLAN AUS? WEISST DU SCHON, WAS DU ZUERST TRINKST?
TIP
ÜBERTREIB ES NICHT, SONST BIST DU GLEICH WIEDER BETRUNKEN, JA?

ES IST BEREITS MITTE JULI.
DIE VORBEREITUNGEN FÜRS FEST FANGEN LANGSAM AN.
ICH FANG MIT BIER AN.
JA?
SEIT GENERATIONEN WIRD MIT DEM TRAUBENFEST DIE GUTE ERNTE GEFEIERT.
UMZÜGE UND ANDERE EVENTS FINDEN EINE GANZE WOCHE LANG BEI DEM WICHTIGSTEN FEST DER REGION STATT.
DER TRINKWETTBEWERB IST EINER DIESER EVENTS.
UND ICH MIT MEINEM SCHWACHEN MAGEN SOLLTE IHN EIGENTLICH MEIDEN.
ABER DIESES JAHR HAB ICH MICH DA REINREDEN LASSEN.
UND HEUTE ABEND GEHT MEIN TRAINING MIT CAMILO LOS.
NUN, ES GIBT JA AUCH BIERE, DIE ORDENTLICH PROMILLE HABEN...

NUR TRINKEN IST ZU EINFACH... WILLST DU DIR EIN ZIEL SETZEN?
GUTE IDEE.
OKAY, DANN TRINKE ICH DIESE BEIDEN FLASCHEN HEUTE ABEND.
SCHNAPP
DAS IST DOCH MAL EIN PLAN!
WENN DU BEWUSSTLOS WIRST, DARF ICH DICH DANN KÜSSEN?
HÄ?!
ALS BELOHNUNG DAFÜR, DASS ICH NACH DIR SEHE...
ACH JA, UND FALLS DU DABEI WIEDER ABSPRITZT, WECHSEL ICH NATÜRLICH DEINE KLAMOTTEN...
AAAAAAA!
BLOSS NICHT!! FALLS DAS PASSIERT, LÄSST DU GEFÄLLIGST DA UNTEN DEINE GRIFFEL WEG!
... KÜSS MICH BITTE NICHT EINFACH SO...
DANN TU DEIN BESTES!
LÄCHEL

FÜR CAMILO HAT DAS PROBE-DATEN, DAS ER LETZTE NACHT VOR-GESCHLAGEN HAT, WOHL SCHON AN-GEFANGEN.
ER IST DABEI ABER SEHR... NETT. DAS HATTE ICH GAR NICHT SO ERWARTET. DAS ERLEICH-TERT MICH.
CAMILOS RUHIGE ART... SEIN SANFTER AUS-DRUCK UND SEIN WELLIGES HAAR...
... DAS NACH GRAPEFRUIT DUFTET...
NUR WENN MIR DER TABAK-RAUCH IN DIE NASE STEIGT, FÄLLT ES MIR EIN.
SCHON DICHT?
... ALL DAS GIBT MIR EIN GEFÜHL DER GEBORGEN-HEIT...
... UND LÄSST MICH FAST VER-GESSEN, DASS ES UM EINE BEZIEHUNG MIT EINEM MANN GEHT...

DU BIST GANZ ROT.
STREICH
ZUCK
N... NEIN !!
UND ICH WERD DAVON AUCH NICHT BLAU.
LÄCHEL
SCHA-DE.
WIE?

OKAY, DER BÜHNENAUF-BAU BEGINNT MORGEN!
IHR JUNGEN KERLE HABT SO VIEL ENERGIE ÜBRIG, DA KÖNNT IHR UNS HEL-FEN!
MOR-GEN!!
HEY, ERLAN-DO, WER PASST AUF DEN LADEN AUF?
DIE AUS-HILFE!
AUCH WENN DIE HAUPTATTRAK-TION UNTEN BEI DER HAUPT-STRASSE SEIN WIRD, WERDEN VIELE LEUTE HIER DURCH DIE EINKAUFS-STRASSE LAUFEN.
DAS SOLLTE MOTIVATION GENUG SEIN, ALLES SCHICK AUFZUBAU-EN.
SO SPÄT, MARI-NO?
STIMMT ES, DASS ES BEI CAMILO SPÄTER WAS ZU ESSEN GIBT?
DER GANZE ZEITPLAN STEHT DANN AUF DEM FLYER!
GUT, DAS WÄR'S!
FÜR MICH BEGINNT DIE VORBEREITUNG FÜRS FEST JEDES JAHR ERST RICHTIG MIT DEM AUFBAU DER BÜHNE.

ACH, DAS WIRD STRESSIG...
STIMMT, ES HAT SO VIEL GEREGNET, DASS ALLES JETZT RICHTIG KNAPP WIRD...
TEO, WILLST DU NOCH WAS TRINKEN?
AH...
... ICH HAB NOCH WAS, DANKE!
DU NIMMST DIESES JAHR AM TRINKWETTBEWERB TEIL, RICHTIG?
WO... WOHER WEISST DU DAS?
NA, DER TYP VON DER ORGA HAT ES MIR ERZÄHLT.
LÄCHEL♥
GRINS
ACH, CAMILO, EINE SCHNITTE AUS DEM NACHBARDORF HAT VORHIN NACH DIR GESUCHT.
AHA?
DU BIST SO BELIEBT, WARUM HAST DU NICHT WIEDER EINE NEUE FREUNDIN? WOBEI... EIN FREUND WÄRE FÜR DICH JA AUCH OKAY...
SO LANGE WARST DU BISHER NOCH NIE ALLEINE.

OH, ES GIBT DA JE-MANDEN, DEN ICH MAG. ABER DIE PERSON SCHEINT MICH NICHT SO ZU LIEBEN, WIE ICH SIE.
BABUMM
WAS? SELBST CAMILO HAT SCHWIERIG-KEITEN MIT DER LIEBE?
DU VERLIERST WOHL DEINEN CHARME, CAMILO! IN LETZTER ZEIT KOMMST DU AUCH EHER DRÖGE RÜBER, DU ALTER MANN!
ABER WENN ICH ES ZU SCHNELL ANGEHE, DANN VER-SCHRECK ICH SIE NUR.
DESWEGEN KANN ICH NICHT ALL DAS SAGEN, WAS MIR SO DURCH DEN KOPF GEHT.
SO-SO!
WIE?
LINS

DASS ICH SIE IN MEIN BETT LOCKEN UND 1000 DINGE ANSTELLEN MÖCHTE, DIE SIE VOR LUST ZUM WEINEN BRINGT.
ICH BIN SCHLIESS-LICH EIN KERL...
... ABER DIE PERSON HATTE BISHER NOCH NIE SEX MIT EINEM MANN, ALSO WILL ICH IHR LANGSAM BEIBRINGEN, WIE GUT SICH DAS ALLES ANFÜHLT.
ICH MUSS MICH ABER NOCH ZURÜCK-HALTEN...
AH?!
GLUCK
?
IST WAS, DIE-GO?
... NICHTS ...
DIE BEI-DEN?

TABACOS

HM?
KÜSS
ZUCK
WO... SIND DENN ALLE?
SIE SIND GERADE WEG, DU BIST ZWISCHEN-DRIN EINFACH WEGGE-SACKT.
KEINE ANGST, ICH HAB GESAGT, DASS DU IN LETZTER ZEIT ZIEMLICH SCHLECHT SCHLÄFST.

AH... WAS?
SCHRECK
WAS MACHST DU...
ICH HOL MIR NUR MEINEN LOHN AB...
KÜSS
LECK
LO... LOHN?
WAS BETRINKST DU DICH DENN AUCH BEI MIR?
HM ...
KÜSS
HM ...
HMM ...
KÜSS
SLP

SLP
ZITTER
CAMI... CAMI-LO...
ZUCK
SH, ICH KÜSS DICH NUR...
ZITTER
KÜSS
LECK
HM ...
KLAMMER
KÜSS
LECK

AH! DAS IST ...
KÜSS
KÜSS
DAS GEHT ...
HAH ...
RUBB
RUBB
ZUCK
MH ...
STOSS
AH! ♥
ZUCK

DAS KLINGT SEXY.
SCHEINT SO, ALS WÄRE DER KLEINE TEO AUCH AUFGE- WACHT!
TRÄLLER
GUTEN MORGEN, TEO, ICH BIN KURZ SHOPPEN. DEINE WÄSCHE HÄNGT DRAUSSEN ZUM TROCKNEN. CAMILO ♥

TRÄLLER
ZWITSCHER
ICH ...
KRRSH
WEISS NICHT MEHR, WAS PASSIERT IST, NACHDEM DER KLEINE TEO AUFGE-WACHT IST.
IST DAS PEIN-LICH!!
CAMI-LOS BOXER
LIQUOR

AUSSER KÜSSEN IST BESTIMMT NICHTS PASSIERT, ODER?
BESTIMMT!! ZUM GLÜCK!
ABER WARUM HATTE ICH DANN WIEDER SEINE UNTERWÄSCHE AN?
BIN ICH WIEDER GEKOMMEN?
ALSO... ER HAT MICH GEKÜSST UND SICH AN MIR GERUBBELT IN DER MISSIONARSSTELLUNG...
ICH HAB... GESTÖHNT UND MEINE BOXER BESUDELT...
ABER HAB ICH ABGESPRITZT ODER MICH EINGEPINKELT?
HOFFENTLICH NICHT ABGESPRITZT!!
ARRRRGH!!
ICH WILL NICHT DRÜBER NACHDENKEN, ABER IRGENDWAS MUSS JA MIT MEINER EREKTION PASSIERT SEIN!!
ARRRGH! WIE PEINLICH!!
STAMPF
STAMPF
OKAY, RUHIG BLUT.
BEVOR ICH IN PANIK VERFALLE, SOLLTE ICH MICH INFORMIEREN.
HAH
HAH
Google
gay
TIPP
TIPP

BÄÄÄÄM
Gay.bb
sex
OH.
DAS SIEHT EHER DANACH AUS!
SANFT UND ZÄRTLICH.
ICH WERF NUR EINEN KURZEN BLICK IN CAMILOS WELT...
RUHIG BLEIBEN...
TIPP
ÄH...
... DAS SIEHT ...
... ABER GANZ ANDERS AUS, ALS DAS, WAS CAMILO MIT MIR MACHT

ah
OOOOH ...
... KAY ...
WAS ...
oh♥
oh yes♥
so good♥
SEH SO WAS ZUM ERSTEN MAL...
ICH WUSSTE ZWAR, DASS MÄNNER ANALSEX HABEN, ABER...
BABUMM
BABUMM
... ICH DACHTE IMMER, DASS ES WILDER... ANIMALISCHER WÄRE...
HAT ER SCHMERZEN... ODER? OH, ER IST GANZ HART...

ER NIMMT IHN WIE EINE FRAU...
ah
haa...
BIN FIX...
... UND FERTIG. DAS IST MIR ZU VIEL.

KLACK
OH, CAMI-LO...
... IST WIEDER DA.
CAMILO HAT AUCH SOLCHEN SEX GEHABT...
... WILL ER MICH ALSO SO NEHMEN, WIE DER IM VIDEO ES GE-TAN HAT?
ER HAT GESAGT, DASS ER ES BESSER FINDET, OBEN ZU SEIN...

LEHN
TEO ...
... WAS MACHT DER KATER?
SCHRECK
SOLLEN WIR HEUTE ABEND DAS TRAINING LASSEN?
ÄH...
BABUMM
BABUMM

BESSER WÄR DAS.
ICH HAB IMMER NOCH RESTAL-KOHOL IM BLUT.
ALSO… WEGEN …
ALSO …
… ICH KANN GERADE NICHT.

#3
CLOVE

CAMILO!
HEY, WACH AUF!
WIR WOLLTEN DOCH HEUTE ZUM MARKT GEHEN!!
RÜTTEL
UGH.
PAH, NA GUT...
DANN GEH ICH SCHON MAL ALLEINE VOR...
GRAPSCH
AH!
WARTE!
WAAAAH!
FALL
MOR-GEN, TEO!
LASS DAS!!
KÜSS
KÜSS
HM?

WA! SCHLÄFST DU NACKT?
ARGH, VERDAMMT!!
MACH WEITER SO SÜSSE GERÄUSCHE, DANN WIRST DU SEHEN, WAS PASSIERT...
LASS MICH... ICH WILL WEG...
HIBB
BEKOMM ICH KEINEN KUSS?
HIBB
HIBBEL
ACHTUNG!
KÜSS

... ABER DA DU IMMER SCHON NUR BEIM KNUTSCHEN KOMMST...
HUCH?
ICH WÜRD JA SO GERNE MEHR MACHEN...
MEHR NICHT?
STIMMT NICHT!!
ERZÄHL KEINE MÄR-CHEN!!

S
W
E
N

SLP
AH!!
HIER KENNT UNS KEI-NER, DAS IST IN ORDNUNG!
...
DAS GEHÖRT ZU UN-SEREM TEST DOCH DAZU.

...
GU-CKEN DIE UNS ALLE AN?
TOTAL STEIF

LINS
HABEN DICH DIE BLICKE GESTÖRT?

HM?
DU SAHST VORHIN SO NERVÖS AUS.
I...ICH HAB MICH GEFRAGT, OB DAS IMMER SO IST.
NEIN.
SCHLIESSLICH MUSS MAN NICHT IMMER HAND IN HAND DURCH DIE GEGEND LAUFEN...
OKAY...
ABER SELBST WENN WIR DAS NICHT TÄTEN, KÖNNTEN ES DIE LEUTE WOHL VON UNSERER KÖRPERHALTUNG ABLESEN.
WARUM WOLLTEST DU DANN VORHIN MEINE HAND HALTEN?
ICH WILL, DASS DU WEISST, WIE ES SICH MIT MIR ALS PARTNER ANFÜHLT.

...
AH, ABER EINE ANTWORT WILL ICH IMMER NOCH NICHT VON DIR.
ACH...
... DAS IST TYPISCH CAMILO ...
ICH GLAUBE, DASS ICH NOCH KEINE POSITIVE ANTWORT BEKOMMEN WÜRDE.
ALSO BITTE, DENK NOCH WEITER DARÜBER NACH.
ER WILL MICH ZU NICHTS ZWINGEN ...
... UND MEIN VERTRAUEN GEWINNEN.

WENN WIR EIN PAAR WÄREN, WÜRDEN UNS STÄNDIG ALLE ANSTARREN.
SO WIE ICH MEINE SCHWACHE LEBER VOR ALLEN VERSTECKE...
... WÜRDE ICH AUCH EINE BEZIEHUNG MIT IHM VERSTECKEN WOLLEN.
UND WENN ER DAS VOR ALLEN MEINETWEGEN VERSTECKEN MÜSSTE...
... WÄRE DAS FÜR JEMANDEN WIE IHN SEHR SCHLIMM.
...
DAS WILL ICH IHM NICHT ANTUN.

ICH GEH DANN MAL ZUM AUFBAU! DU BIST MORGEN DRAN, RICHTIG?
JA!
ACH JA, KANNST DU BITTE MARINO SAGEN, DASS ICH IHM MORGEN SEIN BUCH ZURÜCKBRINGE?
MACH ICH.

TEO!
MARINO, ICH WAR GERADE AUF DEM WEG ZU DIR!
HIER, DEIN EIN-KAUF!
DANKE SEHR!!
OPA HAT MIR TONNEN VON MAIS VORBEI-GERBACHT. WILLST DU WAS?
SI-CHER.
KOMM MAL MIT. ICH HAB AUCH BIER FÜR UNS!
TRINKST DU IMMER NOCH NUR NACH SON-NENUNTER-GANG?
ÄH, ES IST NOCH NICHT ABEND ...
CAMILO!! DA BIST DU JA! ♥
WO WARST DU DENN?
ICH WAR BEI DEINEM LADEN, ABER ES WAR ZU...!
DRÜCK
LANGE HER, WIE GEHT'S DENN?

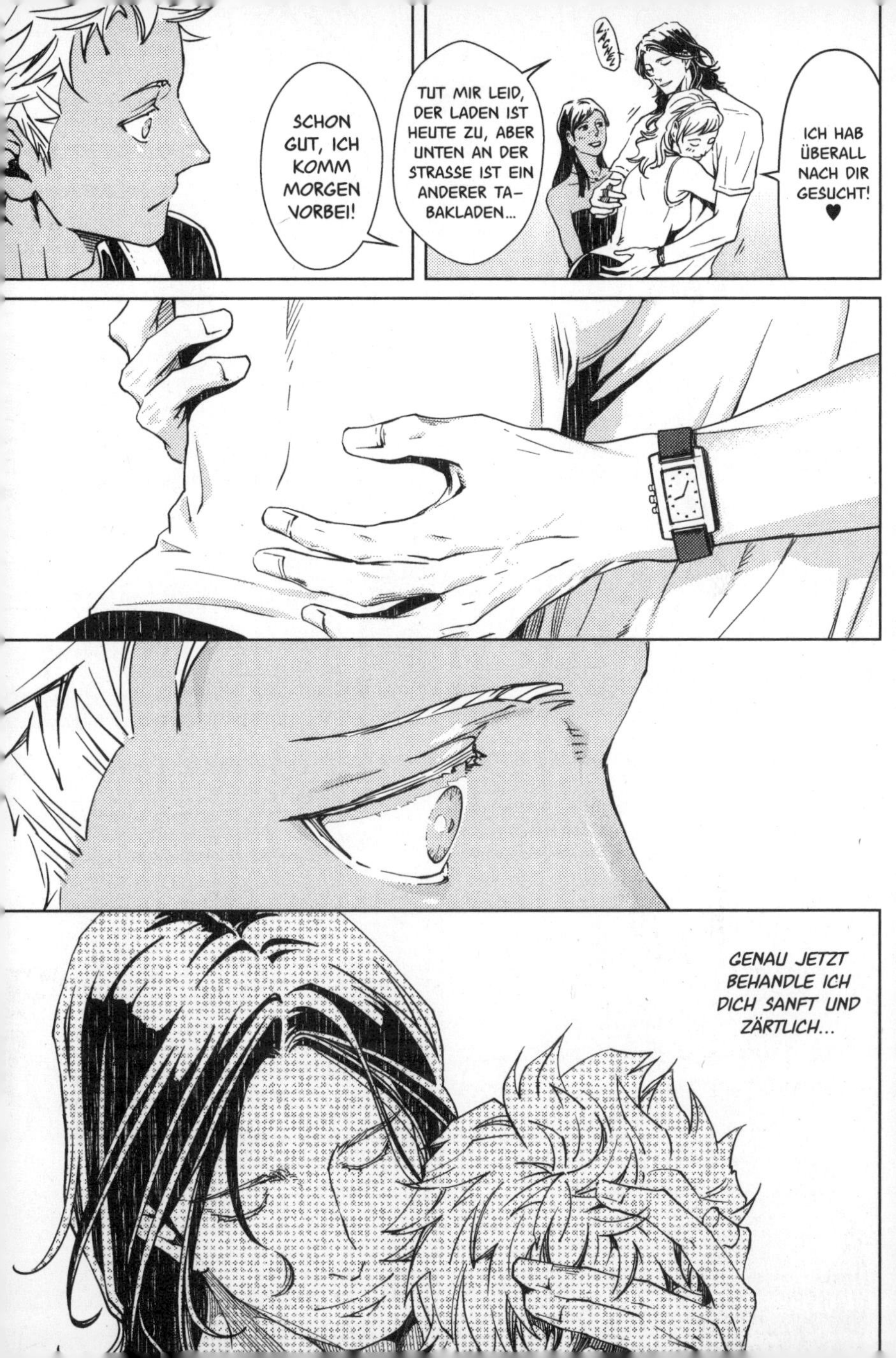
ICH HAB ÜBERALL NACH DIR GESUCHT! ♥
TUT MIR LEID, DER LADEN IST HEUTE ZU, ABER UNTEN AN DER STRASSE IST EIN ANDERER TA-BAKLADEN...
SCHON GUT, ICH KOMM MORGEN VORBEI!
GENAU JETZT BEHANDLE ICH DICH SANFT UND ZÄRTLICH...

GRRRRRR
IST WAS, TEO?
AH!
CAMILO HILFT HEUTE BEIM AUFBAU, ODER?
KANNST DU IHM SPÄTER MAIS BRIN-GEN?
JA, MACH ICH.
WAS SOLL DAS? HAT MICH DAS EBEN WIRKLICH ZORNIG GEMACHT?

TSCHUNGH
ÜBERRASCH
WIE? HEUTE WEIN?!
WO SIND DIE GLÄSER?
GEHT JA SCHLIESSLICH BEIM WETT-BEWERB UM WEINE. DANN SOLLTE ICH AUCH MAL WEIN TRINKEN, ODER?
BIST DU SICHER? DER IST STÄRKER ALS DAS BIER...
...
WENN WIR SONST WELCHEN GETRUNKEN HABEN, WARST DU SCHON NACH EINEM GLAS AM SCHWANKEN ...
...

TAGESZIEL SIND HEUTE 5 GLÄS... NEIN, BESSER NUR 3. DIE SOLLTE ICH TRINKEN KÖNNEN.
STREIF
UND WENN DU FRÜHER UMKIPPST ...?
ÄH ...
SCHRAUB
SCHRAUB
ICH KÜMMER MICH UM DICH, ABER DAFÜR WILL ICH WIEDER EINE BELOHNUNG.

SLP
WELCHE ART BELOHNUNG MEINST DU?
WIEDER EIN... KU...
...KUSS?
WIE WÄRE ES MIT PETTING?
ÄH. PET... TING?
ICH LIEBKOSE DICH MIT MEINEN HÄNDEN UND MEINEN LIPPEN. MACHT DICH DAS NERVÖS?

MIT DIR... FÄLLT MIR DAS NICHT LEICHT...
STIMMT, DU ERTRÄGST DAS JA NUR, WENN DU BLAU BIST...
BABUMM
BABUMM
ABER GIB DIR MÜHE, BIS ZUM DRITTEN GLAS ZU KOMMEN, JA?
HM?
3 GLÄSER!! HAB ICH MIR DA NICHT ZU VIEL VORGENOMMEN?
ALLES OKAY? WILLST DU DAS WIRKLICH?
DU VERTRÄGST NICHT SO VIEL. WENN DIR DAS ZU VIEL IST, DANN...
FLASH
ALLES DUFTE!!
EGAL WIE BETRUNKEN ICH SEIN WERDE, DIE 3 GLÄSER SCHAFFE ICH. UND IN MEIN BETT SCHAFFE ICH ES AUCH ALLEINE!!
KLIRR
NA GUT. DANN GIB DEIN BESTES!!
...
LÄCHEL

UGH... WA...
CAMILO ...?
TEO, WACH AUF!

HM ...
DU BIST KURZ EINGE-NICKT, NICHT?
TEO... BLEIB WACH...
HM ...
HAH

FÜHLT SICH DAS GUT AN?
KÜSS♥
HM.
ZUCK
LECK
AH...
SLB
AH!
ZUCK♥

ZUCK
BIST DU WACH?
AH.
HAH
WEISST DU, WAS GERADE PASSIERT? UND WER DAS MIT DIR MACHT?
ZUCK
HAH
SO...
ZUCK
AH ...
... GLEICH IST ES SO WEIT.
ZITTER
STREICH

HM?
BLINZEL
BLINZEL
AH... CAMI-LO?
HAH
ZITTER
AH!
SPLTSCH
CAMILO? WA...S?
WAS MACHST DU?
SPLTSCH
SPLTSCH
SCHAU MICH AN, TEO?
AH ...
AH ...
ZUCK
ZITTER

... HM...
AH!
ZITTER
SPLATSCH SPLATSCH
BEB
HM.
TEO ...
RUB
RUB
AH.
DARF ICH NOCH WEITER-GEHEN?
AH?

#4

WAS MEINST DU MIT WEITER?
ICH WILL DICH VOR LUST ZUM WEINEN BRINGEN.
DAS WILL ICH. DAS WILL ICH SCHON SEHR LANGE.

AH...
... SEIN BLICK...
TEO ...
BEUG
WIE DAMALS ...
ICH WILL NICHT, DASS DICH JEMAND ANDERS TRÄGT.
SEINE HAND IST SO HEISS.
HEISS... UND GROSS.
DIE HÄNDE EINES MANNES.

NEIN?!

WEITER WILLST DU NICHT GEHEN?
I...ICH KANN DAS NICHT SO WIE IN DEM VIDEO...
WAS HÄLT DICH AB, TEO?
IST ES, WEIL ICH EIN MANN BIN?
ODER KANNST DU DIR MICH EINFACH NICHT ALS DEINEN LIEBHABER VORSTEL-LEN?

STIMMT... WARUM IST DAS SO?
WEIL CAMILO EIN MANN IST?
ODER WEIL ICH ES MIR NUR MIT IHM ZUSAMMEN NICHT VORSTELLEN KANN...?
BISHER WAR ICH IMMER NUR IN FRAUEN VERLIEBT UND HATTE SEX MIT IHNEN.
ICH HATTE BIS VOR KURZEM NOCH NICHT MAL ÜBER MÄNNER NACHGE-DACHT.
UND... SEX ZWISCHEN SCHWULEN. DAS VIDEO IM INTERNET WAR DAS ERSTE MAL, DASS ICH SO ETWAS GESE-HEN HABE.
WIE SEHR MICH CAMILOS KÜSSE AUCH ERREGEN...
ICH BIN ECHT EIN IDIOT. WAS DENK ICH DA EIGENT-LICH?!
DER WEIN IST MIR ECHT ZU KOPF GESTIE-GEN.

...
...
ICH HÖR SCHON AUF. TUT MIR LEID, WENN DU DICH BEDRÄNGT FÜHLST.
DABEI HABE ICH DIR DOCH ERST HEUTE NOCH GESAGT, DASS DU MIT DEINER ANTWORT WARTEN SOLLST...
LEHN
DU SAHST EINFACH SO SEXY AUS... ♥
AUCH JETZT NOCH!
ARGH!

UND VORHIN HAST DU MIR IN DIE AUGEN GESEHEN, ALS DU DEINEN ORGASMUS HATTEST! ♥
HAAACH
UAAAH!
STREICHEL
ICH GEH DANN MAL HEIM ...
... SCHLAF GUT...
D...
DU AUCH.

SCHLAF HEUTE BESSER AUF DEM SOFA, JA? BETRUN-KEN KOMMST DU BESTIMMT NICHT DIE LEITER HOCH.
ALSO.
BIS SPÄ-TER.
J... JA.
PRASSEL

uvas
Festival de la cosecha
8,17
LIQUOR
TABA
PRASSEL
TEO!

ERLAN DO!!
WAS FÜR EIN MISTWETTER! WARUM MUSS ES AUSGE-RECHNET ZUR FERIENZEIT REGNEN?
NIMM DIR GERNE WAS ZU TRINKEN. EGAL WAS!
DAS IST NETT. WILLST DU AUCH WAS?
NEIN, ICH HAB EINEN KATER.
HAST DU WIEDER MIT CAMILO GETRUN-KEN?
JA.
IHR ESST AUCH IMMER GEMEINSAM ZU ABEND, NICHT?
SEHR OFT.

ALS WÄRT IHR EINE FAMILIE.
WIE 2 BRÜDER ...
FAMILIE? BRÜDER?
ALS KIND HABE ICH TATSÄCHLICH SO VON CAMILO GEDACHT.
UNSERE FAMILIEN WAREN SO ENG BEFREUNDET, DASS WIR WIRKLICH MEHR WIE GESCHWISTER AUFGEWACHSEN SIND.

ODER KANNST DU DIR MICH EINFACH NICHT ALS DEINEN LIEBHABER VORSTELLEN?
ZUCK
BABUMM BABUMM
STEP
PRASSEL
WENN ICH CAMILO SAGE, DASS ICH EIN-FACH WIEDER MIT IHM BE-FREUNDET SEIN WILL...

... DANN WIRD ER MICH NIE WIEDER SO ANFASSEN...
HO.
JETZT PLADDERT ES RICHTIG!
PRASSEL
AH, CAMILO!
SO ALLEINE? DAS IST SELTEN.
DU KOMMST ZUR RECHTEN ZEIT. WILLST DU WAS?
NEIN DANKE, ICH MUSS NOCH WAS ERLEDIGEN UND IN DIE STADT.
KANNST DU MIR EINEN SCHIRM LEIHEN?

BÄH, ICH BIN KLATSCHNASS!
HEUTE HABEN DOCH ALLE FREI. UND DU MUSST WAS ERLEDIGEN?
BLÖD, NICHT?
DAS IST SO SCHÖN. DIE PERFEKTEN SCHULTERN ZUM ANKUSCHELN.
HEY... HÖR AUF. DU WIRST AUCH NUR NASS.
NUR GANZ KURZ.
KUSCHEL
NA GUT. ABER NUR KURZ!
UMARM
UMARM♥
ANGEL DIR ENDLICH EINEN KERL.
GIBT NICHT VIELE, DIE MICH DOMINIEREN KÖNNEN.
DA SITZT CAMILO.
NICHT MEIN TYP.
...
KUSCHEL
ACH, DIEGO ...
... STÖRT DICH DAS NICHT?
OY!
DU BIST DOCH HETERO, ODER NICHT?

ICH WEISS DOCH, DASS DAS NICHT ERNST IST.
ER DRÜCKT MICH JA NUR, WAS IST DABEI?
WENN ES IHN GLÜCKLICH MACHT, KANN ER DAS GER-NE.
ABER FÜR ALLES ANDERE BIN ICH NICHT ZU HABEN.
SO, GENUG!! DAS WAR JETZT LANG GENUG!
PRASSEL
HA, ETWAS MEHR FEIN-FÜHLIGKEIT WÜRDE DIEGO GUTTUN. DANN KÄME ER BESSER AN.
SAG MAL, MARI-NO...
HAST DU DICH JE IN EINE FREU VERLIEBT?
NEIN.
NOCH NIE?
ICH STEHE SCHON IMMER NUR AUF MÄNNER.

SCHON IMMER, HM? FÜR MANCHE IST ES WOHL SO EINFACH, DASS SICH DIE ORIENTIERUNG NIE ÄNDERT...
HAST DU DICH ETWA IN EINEN HETERO VERLIEBT?
JA.
BLÖDMANN.
UNSERE BEZIEHUNG IST SO ZERBRECHLICH...
HM? ABER DAS HEISST JA, DASS DU DEN HAUCH EINER CHANCE SIEHST. SICHER, DASS ER EIN HETERO IST?
WER WEISS ...
ICH MAG IHN SCHON SO LANGE.
ICH DACHTE IMMER, MEINE LIEBE WÄRE VERGEBENS, UND HABE NIE WAS ZU IHM GESAGT.
HAST DU NIE ERZÄHLT.

ICH DACHTE JA AUCH, DASS DAS NIE WAS WIRD. ABER ICH HABE ES MIR IMMER GEWÜNSCHT...
... UND DIE GELE-GENHEIT AM SCHOPF GEPACKT. ABER WAR DAS OKAY VON MIR?
...
WAS MEINST DU?
WENN ER EINE BEZIEHUNG MIT MIR EINGEHT, WIRD ER BESTIMMT DISKRIMI-NIERT WERDEN, NICHT?
UND ER IST 'NE HETE. DAS IST BESTIMMT EIN FEH-LER.
WAS ZERBRICHST DU DIR SEI-NEN KOPF?! DAS SIND ENTSCHEI-DUNGEN, DIE ER FÜR SICH FÄLLEN MUSS.
RICHTIG. DUMM VON MIR.
UND AUCH WENN ICH JETZT AM ZWEI-FELN BIN... ICH WÜRDE ALLES DAFÜR GEBEN, DASS ER MEIN IST.

ABER BESTIMMT GIBT ER MIR EINEN KORB.
WENN DAS PASSIERT... KOMM ZU MIR. ICH TRÖSTE DICH.
OH!
AH...
HAST DU LUST, WAS ZUSAMMEN ZU ESSEN?
ÄHM... ICH HATTE EBEN MIT ERLANDO EIN PAAR MAISKOLBEN UND BIN SATT.
HATTE ICH EBEN AUCH BEI MARINO.
STIMMT, ICH SOLLTE DIR NOCH WELCHE GEBEN
ICH HAB SIE SCHON GEKOCHT.
OH, DANKE !!

CAMILO, LASS UNS SPAZIE- REN GE- HEN!

CAMI-LO?
JA?
GES-TERN ...
ICH D... DE...
...DENKE, DASS ICH DICH NUR VERLETZE, WENN ICH DIR KEINE ANT-WORT GEBE... UND D...DU DIR HOFFNUNGEN MACHST...
WAS?
DU SAGTEST, DAS SEI NUR EIN VERSUCH ODER SO...
... ABER ICH KOMME MIR VOR, ALS WÄRE ICH EINE FRAU, DIE DICH DIE GANZE ZEIT HEISS MACHT, DANN ABER EINEN RÜCK-ZIEHER MACHT...
HÄH?!
ICH KOMM MIR SO FEIGE VOR... BE-STIMMT DENKST DU DAS AUCH VON MIR.
NEIN, GAR NICHT! DU BIST NICHT FEIGE!!

DU STEHST EIGENTLICH AUF FRAUEN. DASS DU ÜBERHAUPT... MICH DA ERNST NIMMST, IST...
ALSO GES-TERN ...
ICH VERAB-SCHEUE DICH NICHT ODER SO...
... ABER ICH ALS MANN DENKE, DASS ES JETZT WEITER ALS GESTERN ...
... NICHT BEI MIR GEHEN KANN.
JETZT? HEISST DAS, ICH DARF NOCH ETWAS HOFFEN?

WENN DU DAS SO AUSHÄLTST, DANN BITTE...
... LASS ES UNS WEITER VERSUCHEN...
NA... NATÜRLICH!
SICHER?
ICH BIN JA SO FROH, ICH DACHTE SCHON, ES WÄR AUS...
MIR IST DAS HERZ IN DIE HOSE GERUTSCHT!

MEINE DERZEITIGEN GEFÜHLE KANN ICH CAMILO GEGENÜBER NOCH NICHT AUSSPRE-CHEN...
BESTIMMT WÜRDE IHM DAS NOCH MEHR HOFFNUNG MACHEN. DAS WÄR NICHT FAIR.
SSSSSR
ICH SAGTE ZWAR, DASS ICH JETZT NOCH NICHT WEITERGE-HEN KÖNNTE...

SCHMIEG
REIB
... ABER ICH DENKE IMMER MEHR...
... DASS ICH NICHT MEHR EINFACH NUR DER SAND-KASTEN-FREUND SEIN WILL.

WAS IST EIGENTLICH MIT DEINEM TRAINING? VERTRÄGST DU SCHON MEHR?
HM... DARAN SOLLTE ICH WEITER ARBEITEN.
DU KANNST GERNE BEI MIR DUSCHEN. ICH WASCH DERWEIL DEINE UNTERWÄ-SCHE...
DA GIBT'S NIX ZU WA-SCHEN!!

#5
GITANE
SEITA

8,17
IN EIN PAAR TAGEN STARTET DAS TRAU-BENFEST.
... UND MIT DEM AUFBAU SIND WIR FAST FERTIG...

TEO, DIE IST FÜR DICH!
FLAPP
EINE LISTE MIT WEINEN?
20 WEINE WERDEN DANN AUS DIESER LISTE FÜR DEN WETTBEWERB AUSGESUCHT.
ECHT? DA GIBT ES NOCH EINE AUSWAHL?!
DIESES JAHR BEGRENZEN WIR DAS ETWAS, DAMIT DIE ANDEREN MITHALTEN KÖNNEN. VIEL ERFOLG!
ANDERENFALLS WÜRDE DIEGO WIEDER ALLE SEINE GEGNER SCHLAGEN.
WAS JETZT ZWISCHEN UNS BEIDEN IST...
HN...

ICH TRAINIERE IMMER NOCH FÜR DEN WETTBEWERB UND UNSER VERSUCH EINER BEZIEHUNG LÄUFT AUCH NOCH...
WIR SPRECHEN NICHT DARÜBER...
... ABER IMMER WENN ICH BETRUNKEN BIN...
... KÜMMERT SICH CAMILO UM MICH.
TEO?
HM... SCHON WIEDER?
DU BIST GLEICH EINGESCHLAFEN. BIST DU SO MÜDE?
...
WAR ES HEUTE ZU VIEL WEIN?
AH.
NEIN, NICHT ZU VIEL, ABER...
WARTE, CAMILO...

... ICH BIN NICHT MEHR SO VER-KRAMPFT WIE AN-FANGS.
BITTE, CAMI...
SH, LASS DICH FALLEN.
HMMM...
AH!
ICH HASSE ES NICHT, UND GEBE MIR NICHT MEHR MÜHE, NICHT BE-TRUNKEN ZU SEIN.
HAH
KÜSS
KÜSS
HM...
MH...
HAH
DAS FEST BEGINNT BALD...
HA...
ZZZ
SCHNARCH

WAS?!
DU NIMMST DIESES JAHR NICHT TEIL?!
JA.
WAS SOLL DER SCHEISS?! NUR DEINETWEGEN HAB ICH MICH BEI DIESEM QUATSCH ANGEMELDET, WEIL DU ARSCH MICH HERAUSGEFORDERT HAST!!
BIST DU NOCH GANZ SAUBER?!
LASS ES MICH MAL IN RUHE ERKLÄREN, JA?
DER BÜRGERMEISTER DER NACHBARSTADT KOMMT AN DEM TAG ZU BESUCH UND SIE WOLLEN, DASS JEMAND, DER VON WEIN AHNUNG HAT, IHN UMTÜDELT. UND DA HABEN SIE MICH GEFRAGT.
KANN ICH AUCH NICHTS FÜR!!

MICH KEKST DAS AUCH AN. MEIN ZIEL WAR ES, JEDES JAHR DIE TROPHÄE ABZURÄUMEN UND SIE ALLE IN MEINEM SCHAUFENSTER ZU PRÄSENTIEREN.
NICHT ZU ÄNDERN. GIB DU ABER DEIN BESTES!
GRR
MOMENT MAL!!
DAS IST DOCH DIE GELEGENHEIT!!
WENN ER SICH DA RAUSWINDEN KANN, KANN ICH DAS DOCH AUCH, ODER NICHT?!
DU!! DU BIST DOCH IN DER JURY, NICHT?!
WA... WAS?

JUUUHUUUUUU!!
SOOO GUUUUT!!
GESCHAFFT! ICH MUSS NICHT MEHR AN DEM QUATSCH TEILNEH- MEN!!
WENN DIEGO NICHT TEILNIMMT, HAB ICH AUCH KEINEN GRUND MEHR DAS ZU MACHEN!
SO WAS DOOFES MACH ICH NIE WIE- DER!
ZUM GLÜCK MUSS ICH NICHT MEHR AUF DIE BÜHNE UND ALLN ZEIGEN, DASS ICH NULL- KOMMANICHTS VERTRAGE!
HAH

DAS MUSS ICH CAMILO ERZÄHLEN! DAS MÜSSEN WIR FEIERN!!
ÄH.
STOPP!
JETZT HABE ICH AUCH KEINEN GRUND MEHR, MICH MIT IHM ABENDS ZU BETRINKEN.
DAS HEISST...
... ER MUSS SICH AUCH NICHT MEHR UM MICH KÜMMERN UND SEINE BELOHNUNG EINFORDERN.

...
...
♪♫
KRRRCH
KRRRCH

ICH SOLLTE ES IHM EINFACH EHRLICH SAGEN.
LIEBER JETZT GLEICH, BEVOR ES WIEDER HEIKEL WIRD...
... BEVOR WIR ANSTOSSEN...
... UND ICH BETRUNKEN BIN.
ACH JA, ICH MUSS NÄCHSTE WOCHE EIN PAAR DINGE AUSSERHALB BESORGEN.
ABER ZUM FEST BIN ICH DANN MORGENS WIEDER DA!
...
TEO?
WA! ACH... SO?
ICH MUSS IHM SAGEN...
... DASS WIR DAS SO NICHT MEHR WEITERMACHEN...

WENN ICH IHM DAS NICHT SAGE...
... DANN...
AH ...
AAAAH ...
CAMILO ...
CAMILO, ICH KOMME ...

HAH
TEO...
AH.
STOHN
SSSH
RLB
STREICH
ZUCK
BITTE... LASS MICH DICH DA ETWAS LIEBHA-BEN...
!!

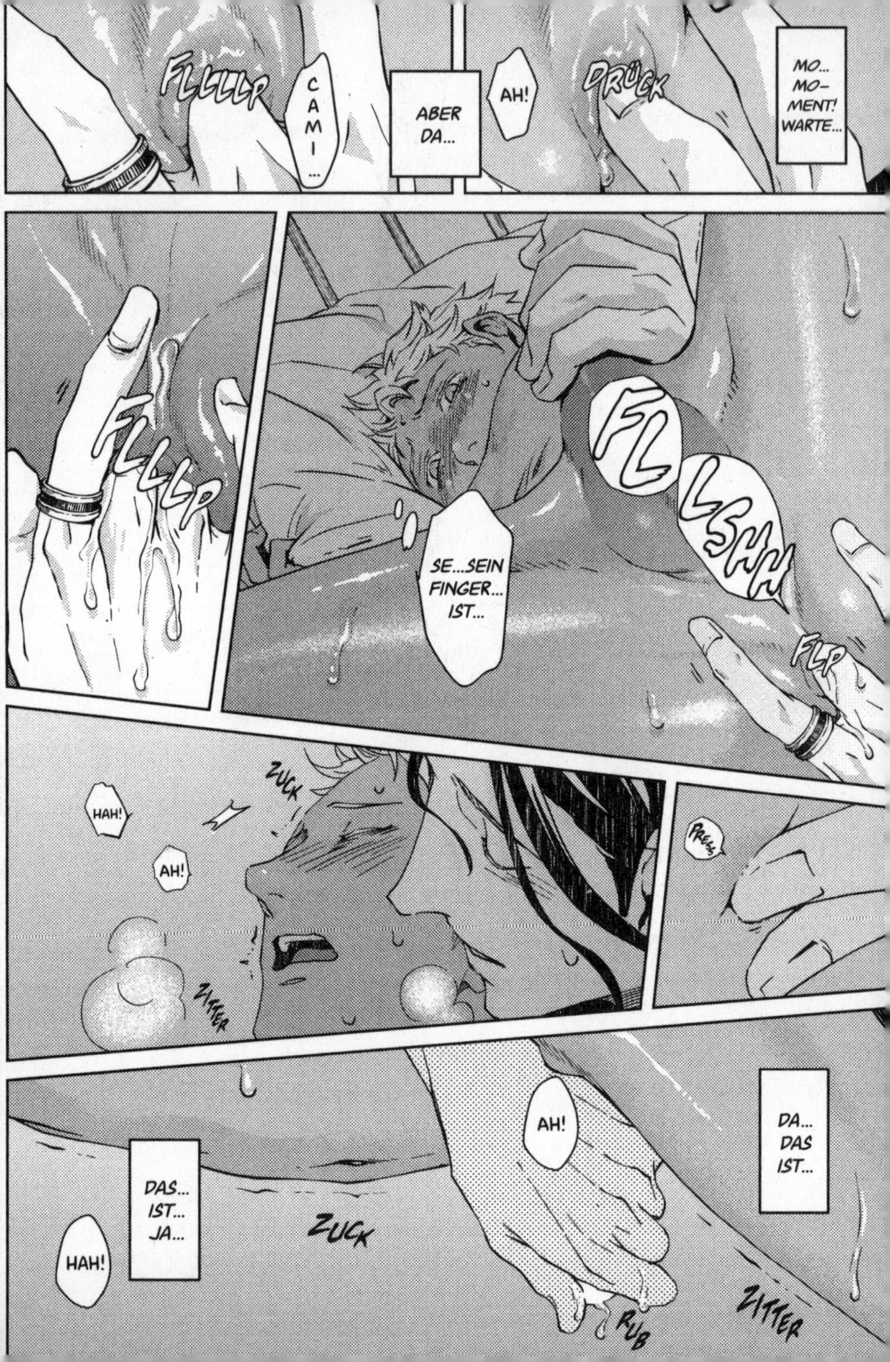
MO... MO-MENT! WARTE...
DRÜCK
AH!
ABER DA...
CAMI...
FLLLLP
FLLSHH
SE...SEIN FINGER... IST...
FLP
FLLLLP
PRESS
ZUCK
HAH!
AH!
ZITTER
DA... DAS IST...
AH!
ZITTER
RUB
ZUCK
DAS... IST... JA...
HAH!

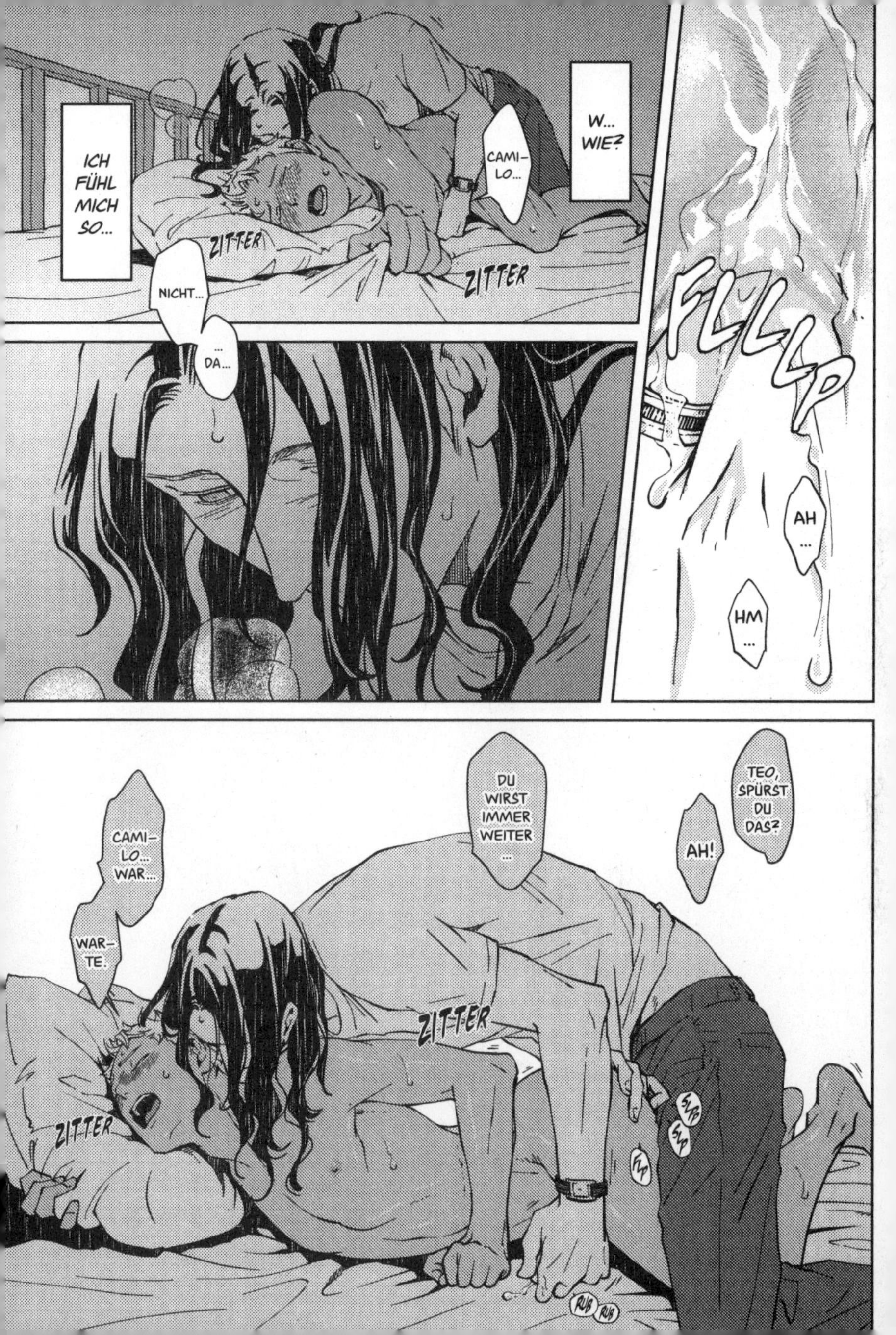
FLLLP
AH ...
HM ...
W... WIE?
CAMI-
LO...
ICH FÜHL MICH SO...
ZITTER
ZITTER
NICHT...
... DA...
TEO, SPÜRST DU DAS?
AH!
DU WIRST IMMER WEITER ...
CAMI-
LO... WAR...
WAR-
TE.
ZITTER
ZITTER
RUB RUB

SH... DU BIST GLEICH SO WEIT.
MH... CA...
AH!
AHH
ZITTER
PLISH
HAH
HAH
HAH
TUT MIR LEID. WAR ES SCHÖN FÜR DICH?
HAH
VERFLIXT...

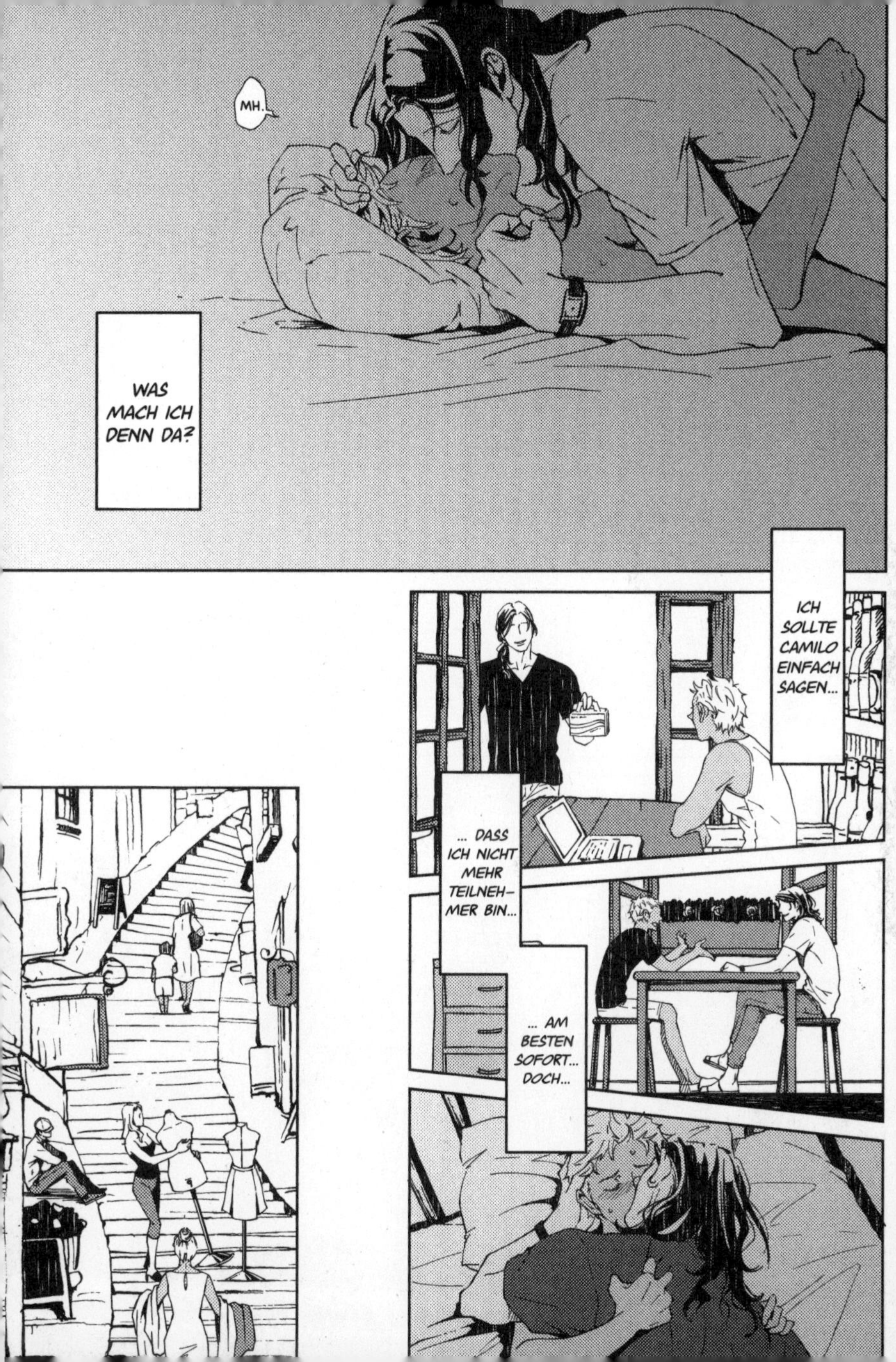
MH.
WAS MACH ICH DENN DA?
ICH SOLLTE CAMILO EINFACH SAGEN...
... DASS ICH NICHT MEHR TEILNEH-MER BIN...
... AM BESTEN SOFORT... DOCH...

OHO!
SIE SIND FAST FERTIG MIT DEM AUFBAU.
CAMILO UND MARINO...
VIELLEICHT KÖNNEN WIR WAS ZUSAMMEN ESSEN...
HEY, MARINO UND CA-MILO!
IHR BEIDEN SEID DOCH RELATIV TRINKFEST, ODER?
OY, CAMI ...

ICH NICHT SO, ABER CAMILO HAT EINE LEBER AUS STAHL.
CAMILO, WIE WÄR'S DENN? NIMMST DU BEIM WETTBE-WERB TEIL?
ICH?
JA, ZWEI LEUTE HABEN ABGESAGT ...
AH!
SCHOCK
HAB ICH GEHÖRT. DIEGO, ODER?
AH, TEO!
UND TEO AUCH NOCH! BEIDE HABEN LETZTE WOCHE IHRE TEILNAHME ABGESAGT.
WIE?

WIR HABEN LANGE NACHGEDACHT UND BRAUCHEN AUF JEDEN FALL NOCH TEILNEHMER. MINDESTENS EINEN.
IST DOCH GUT. DANN MUSST DU NICHT MEHR SO VIEL TRAI-NIEREN...
ZUCK
WARTE!
DU BIST VOR EINER WOCHE AUSGE-STIEGEN?
ÄH... WEISST DU...
WIRK-LICH, DAS WUSSTE ICH JA GAR NICHT.
ÄHM, WEISST DU...
ABER DU WARST JA VON ANFANG AN NICHT SO BEGEISTERT VON DEM WETTBE-WERB...
JA... STIMMT...

WAR DAS SCHON LETZTE WOCHE?
ABER WIR HABEN DOCH DIE GANZE ZEIT WEITER ABENDS TRAI-
AH!
TRAI-NIERT?
WIE DENN DAS?
TEO, NIMMST DU WIRK-LICH NICHT MEHR TEIL?
TRAINING IM WEIN-TRINKEN? BIN DABEI! ♥
MOMENT!!
WIR HATTEN DOCH BISHER DAS UNGE-SCHRIEBENE GESETZ, DASS MINDESTENS EINER VON EUCH SPIRITUO-SENHÄNDLERN TEILNIMMT.
VER-DAMMT!!
WAS, TEO? WOLLTEST DU EIN BESSERER SÄUFER WERDEN?
ICH HAB DICH AUCH NOCH NIE TRINKEN SEHEN.
KANN ES SEIN, DASS DU DAS GAR NICHT KANNST?

VERDAMMT, WAS SAG ICH JETZT?!
WER HAT WAS VON TRAINING GESAGT?!
ICH TRINKE ABENDS NUR MIT MEINEM BESTEN FREUND EINEN SCHLUCK!!
WEISST DU…
… ICH HAB'S VERGESSEN…
… DIR DAS ZU ERZÄHLEN. DAS HAT NICHTS WEITER ZU BEDEUTEN.
WIR MÜSSEN ALSO ABENDS NICHT MEHR WEITER TRINKEN – UND DAS ANDERE AUCH NICHT MEHR MACHEN.
CAMILO!!
ÖH?
SELTSAM …

HAB NUR VERGES-SEN, DIR DAS ZU...
OKAY...
VER-STEHE.
IST DOCH GUT. DANN KANNST DU WÄHREND DES FESTES DEINEN LADEN OFFEN HALTEN!
JA... STIMMT!
BEI ALL DEN TOU-RISTEN IST DAS GUT!
DENKE ICH.

UND DAS LICHT IST AUS.
SEINE FENSTERLÄDEN SIND ZU.
ACH JA...
ER SAGTE JA, DASS ER NICHT IN DER STADT IST...
... UND ERST AM MORGEN DES ERSTEN FESTTAGES ZURÜCK WÄRE.

...
FEG
FEG
ER FAND ES BESTIMMT SELTSAM...
... DASS ICH IHM NICHT GLEICH GESAGT HABE, DASS ICH AUSGESTIEGEN BIN.
ES HAT SICH EINFACH NIE DIE RICHTIGE GELEGENHEIT GEBOTEN. DAS WAR ALLES.
DAS WÄRE JETZT EH SO NUR BIS ZUM WETTBEWERB GELAUFEN...
DAS ANDERE LÄUFT JA IMMER NOCH...
IST JA NICHT SO, ALS WÄRE DAS JETZT AUCH ABGEBLASEN...
VERFLIXT, WAS DENKE ICH DENN DA?
TEO!

WAS GEHT?!
WIR WOLLEN ZU MARINOS CAFÉ UND WAS TRINKEN. KOMMSTE MIT?
SORRY, HAB ZU TUN.
SCHON WIEDER NICHT?
...
AB UND ZU IST DOCH GANZ NETT, ODER?
NÄCHSTES MAL, JA?
OKAY.
BIS DENN!
KLAR!
HEY!!
KOMM MIT!
WIESO?
DU WEISST DOCH GANZ GENAU, DASS ICH DAS NICHT VERTRAGE.
ECHT JETZT ...

MACHT DAS SPASS SO ALS EINSIED-LER?
WILLST DU JEDE EINLADUNG ABLEHNEN, NUR WEIL DA ALKOHOL FLIESSEN KÖNNTE?
NUN ...
STARR
ICH GEB'S AUF!

HM...
... SO LANG-WEILIG ...
SEINE ZIGA-RETTEN LIEGEN JA NOCH HIER...

...
SNIFF
ACH ...
ICH MUSS MAMA JA NOCH DIE FOTOS SCHICKEN...

SEIT WANN MAG MICH CAMILO EIGENT-LICH...?

HM. CAMI-LO...
... HAT FRÜHER IM-MER SEINE FREUNDINNEN MITGE-BRACHT...
WENN ICH CAMILO EINEN KORB GEBE...
... GIBT ER DANN AUF UND SUCHT SICH EINE NEUE LIEBE?
DANN SCHLUCKE ICH EBEN MEINE GEFÜHLE...

EINE NEUE LIEBE...
... DIE ER ZÄRTLICH BERÜHRT?
SEIN SANFTER BLICK. WIRD ER...
... DEN AUCH JEMAND ANDERS SCHENKEN?
D...DAS KANN ICH NICHT...

ICH BIN SO EIN IDIOT...
VON ANFANG AN HAB ICH DARAUS EIN KUDDEL-MUDDEL GEMACHT...
ICH HAB ES IHM NUR NICHT ERZÄHLT...
... WEIL ICH EINE AUSREDE BRAUCHTE, UM MIT IHM ZUSAMMEN ZU SEIN.
ICH KANN NOCH NICHT MAL MIR GEGENÜBER EHRLICH SEIN...

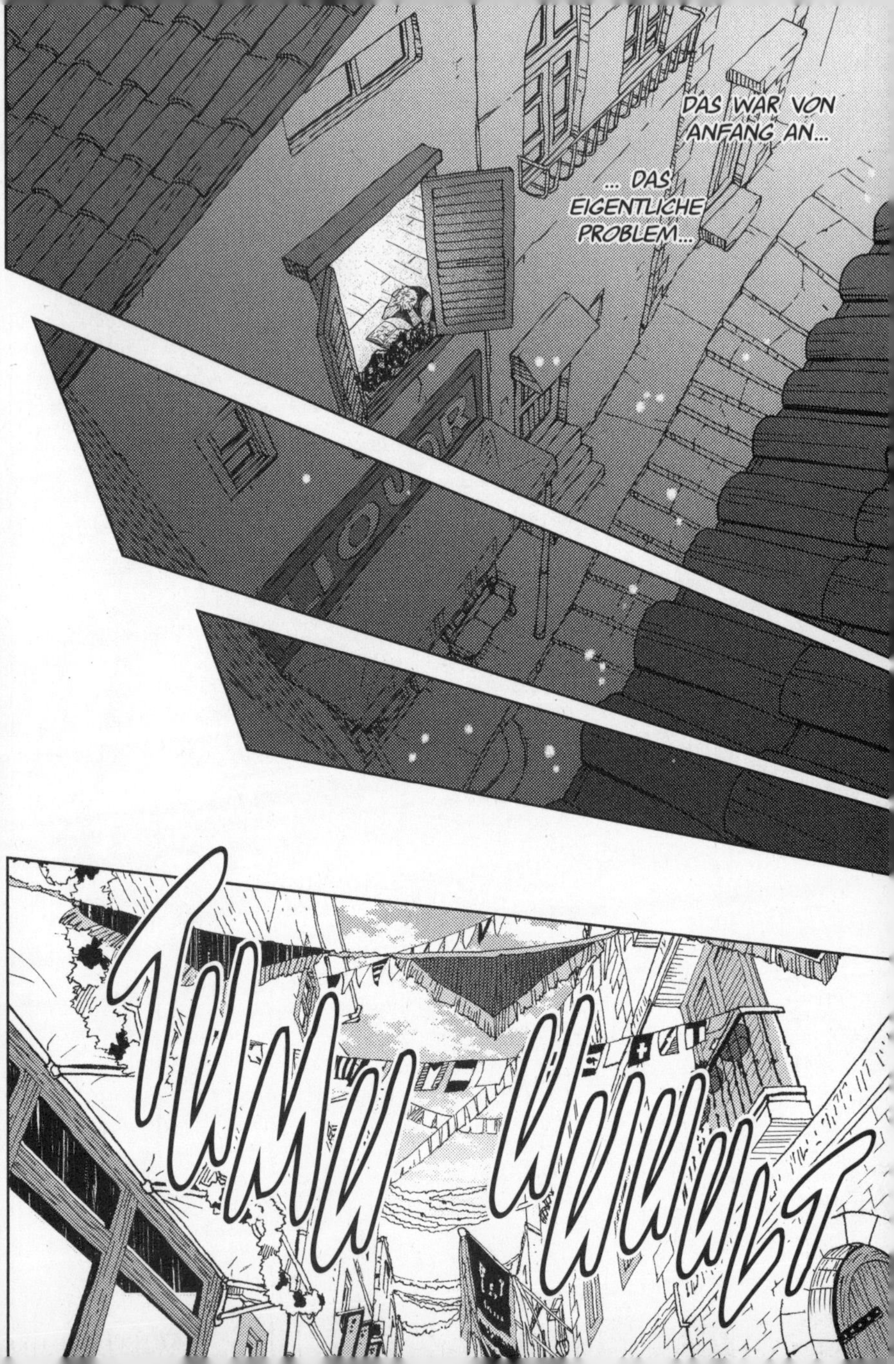
DAS WAR VON ANFANG AN...
... DAS EIGENTLICHE PROBLEM...

CAMILO, HIER DRÜBEN!
UVAS

SPÄT DRAN!
JA, HAT ALLES LÄNGER GEDAUERT.
IST DER WETTBEWERB SCHON VORBEI?
JA, TEO IST VIERTER GEWORDEN.
WENN ER NUR EIN GLAS NOCH GESCHAFFT HÄTTE, HÄTTE ER AUF DEM TREPPCHEN GESTANDEN.
WAS?
HM?
TEO HAT TEILGENOMMEN?
JA?
CAMILO! NIMM IHN MIR MAL AB!

TEO!!
AH, CAMI-LO!!
AUA!
TAUMEL
ALLES OKAY? WARUM HAST DU MITGE-MACHT?
HADDN NICH GENÜGND LOIDE, ALLSUUU, WARUM NICH?
WIE WAR ICH?
RANG 4!
NICH SCHLECH, ODER?
WEISS JEDZ JEDER, DASS ICH NICHS VER-TRAG... ABA ICH KENNE MEINEN WEIN...
KANN JEDZ IM-MER WAS TRRRINGN ...
STIMMT.
GUT GEMACHT, TEO...

FEIER
LACH
FEIER
CA... CAMILO, DEINE AND-WORD...
LACH
MAGS DU MICH NOCH?
NATÜR-LICH. ICH LIEBE DICH.

ICH DICH AUCH!
ICH WILL DICH!!
TEO, WIRK-LICH?

DU BIST BETRUNKEN...
JA, AB...
... ICH HAB MICH GESDERN ENDSCHIEDN ...
SICHER?
DU WILLST MICH GANZ SICHER?
ICH WILL DICH.

ICH WEIN GLEICH ...
DIE WEIN-FONTÄNE KOMMT GLEICH!!
DA!! ES GEHT LOS!
SPRUDEL

EIN ROSE.
WAS, DIEGO?
LASS UNS WAS TRIN-KEN!!

FEIER

ALLE WEG.
SIND JA ALLE NOCH BEIM FEST-PLATZ!
JA.
WOLLEN WIR DU-SCHEN?

DARF ICH MIT?
NA KLAR, IST JA DEIN BAD...
SHHHHHH
SHHHH
BABUMM BABUMM

SHHHHHH
Küss
ZITTER
TEO.

HM.
AH.
TEO
...
TEO.
LASS UNS INS BETT GEHEN...
CAMILO, WIR SIND NOCH GANZ NASS...
... UFF !!
CAMI ...
QUIEK
QUIEK

QUIIIIEK
TEO.
HM ...
QUIEK
HM ...
HAH.
AH!
CAMI-
LO...

KNABBER
KNABBER
KUSS
OH!
ZUCK
AH, CAMI–
REIB

AH.
AH...
CAMI ...
SLIP
MH.
ZITTER
MH.
ZITTER
MH ...
SPLSHHH
PLSH
AH!
MH.

CAMILO, WARTE ...
AH!
ALLES GUT?
SPLSH
SPLSH
ES TUT NICHT WEH ...
... ABER ...
...
ENST-PANN DICH.
AH!
AH... M...
SPLSH
PLSH

QUIEK
CAMILO ...
ZITTER
... NICHT ...
ZITTER
... ICH SCHÄM MICH...
AH!
SPLSH
ICH KANN NICHT MEHR WAR-TEN...
AH!

AH!
AH!
HAH
HAH

EIN TRAUM...
... DAS IST WIE EIN SCHÖNER TRAUM...

GLAUBST DU, DIE ANDEREN AHNEN ETWAS VON UNS BEIDEN?
BE-STIMMT.
ZWITSCHER
ZWITSCHER
OH... EGAL.
HM?

ICH DENKE, DASS WIR...
... UNS NICHT VERSTE-CKEN SOLLTEN.
JA.
OH, DANN KANN ICH UNS JA ZWEI PASSENDE RINGE BE-SORGEN!
WAS?!
JETZT, DA DU MEIN BIST...
... WILL ICH DIR MEINE WELT ZU FÜSSEN LEGEN. UND MIT EINEM RING FANGE ICH AN, JA?
SEUFZ
EIN SCHÖNER TRAUM!
ÄH, IST DAS NICHT...

HM. UND WIE WÄRE ES, WENN WIR ZUSAMMEN-ZIEHEN? ICH WILL JEDEN MORGEN DEIN GESICHT BEIM AUFWACHEN SEHEN! ♥
ALSO... WIR MÜSSEN DIE BEZIEHUNG JA NICHT JEDEM UNTER DIE NASE REIBEN...
WÄR DAS NICHT PEINLICH, WENN DEN ALLE SEHEN?
TABACO
MANN, DAS KANN ER NICHT MEHR VERSTE-CKEN.
KOMMT DAVON, WENN MAN VOR EINER GANZEN MENSCHEN MENGE SEINE GEFÜHLE ERKLÄRT ...

end♥

LOVE
LOVE
LOVE
LOVE

GÄÄÄÄHN
SCHON WIEDER! KRIEGST WOHL NICHT GENUG SCHLAF, WAS?
ÄH... JA...
DEIN LOVER LÄSST DIR WOHL KEI-NE RUHE, HM?
EINE WOCHE IST SEIT DEM WETTBE-WERB VER-GANGEN...
WAS ZUM HENKER!!
DIE JUNGS HABEN SOFORT GECHECKT, WAS ZWI-SCHEN CAMILO UND MIR IST...
ABGESE-HEN VON EIN PAAR NECKE-REIEN IST ALLES WIE IM-MER.

NUR NICHT ZWISCHEN CAMILO UND MIR. UNSERE BEZIEHUNG HAT SICH ENT-SCHEIDEND VERÄNDERT...
DA IST ZUM BEI-SPIEL DAS...
CAMILO FLIRTET JETZT GANZ OFFEN MIT MIR.
STARR♥
WAS IST, TEO? WILLST DU NOCH WAS?
NOCH EINE COLA?

PACK
CAMILO, KOMM MAL MIT!
TEO?
STARR MICH NICHT IMMER SO AN!
ICH STARRE?
JA, TUST DU!
DAS IST NICHT GANZ NORMAL, WIE VIEL DU STARRST!
OH, FÄLLT DAS SO AUF?
SORRY, ICH KANN IMMER NOCH NICHT GLAUBEN, DASS WIR ZUSAMMEN SIND.
ICH DENKE IMMER AN DICH... UND KANN MEINEN BLICK EINFACH NICHT VON DIR NEHMEN.
DAS WAR VORHER SCHON SCHWER. ABER SEIT WIR EIN PAAR SIND, IST DAS RICHTIG HART FÜR MICH, NICHT ZU GUCKEN.
TAGSÜBER WARTE ICH NUR AUF DIE MITTAGSZEIT, DAMIT ICH DICH SEHEN KANN. UND DIE ZEIT BIS ZUM LADENSCHLUSS IST DIE REINSTE FOLTER FÜR MICH.
DAS MACHT MICH GANZ KIRRE.
DAS IST AUCH ANDERS.

ES BRENNT ZWI- SCHEN UNS LICH- TERLOH.
HEUTE IM LADEN HAB ICH MIR NUR GEWÜNSCHT, ZU DIR NACH HAUSE ZU KOMMEN UND DICH ZU LIEBEN. ICH WILL DEIN GESICHT BEIM EINSCHLAFEN SEHEN...
UMARM
DRÜCK
ER SAGT DIE KIT- SCHIGSTEN SACHEN...
ES IST DOCH SCHON 2 UHR NACH- MITTAG, SO LANGE IST ES NICHT MEHR.
JA.
ICH HALT DAS NICHT SO LANGE AUS!
CA... CAMI ...
NUR EIN KUSS, KEINE ANGST!
KÜSS

AH, TEO UND CA-MILO!
MIT-TAGS-ZEIT IST VORBEI!
AB ZUR ARBEIT, HM?
JA.
TEO...
HIER, EIN GE-SCHENK FÜR DICH.
OH?
DA IHR JETZT ZUSAM-MEN SEID, SOLLTEST DU SO ETWAS HABEN.
BIS BALD!
WAS IST DAS ...?

EIN SUSPENSORIUM?!
* AUCH BEKANNT ALS »JOCKSTRAP«
WAS ZUR HÖLLE SOLL DAS?!
WACKEL♥
MARINO HAT EINEN GUTEN GESCHMACK!
MUSS SO ETWAS JEDER SCHWULER IN SEINEM KLEIDERSCHRANK HABEN?!
NEIN. UND ICH STEH NORMALERWEISE AUCH NICHT AUF SO ETWAS.
MARINO, DIESER ARSCH!
WARTE!

DAS IST NORMALERWEISE NICHT MEINS, ABER DU SIEHST DARIN HEISS AUS!
WÄR DOCH SCHADE, WENN WIR MARINOS GESCHENK NICHT BENUTZEN...
LASS ES UNS TUN!
ÄH...
AH. ABER ICH MUSS MEINEN LADEN NOCH ÖFFNEN!
ICH WILL DICH NUR KÜSSEN!
AUF KEINEN FALL!
BITTE, NUR EIN BISSCHEN!
ABER DIE GRÖSSTE VERÄNDERUNG HAT BEI MIR STATTGEFUNDEN.
BITTE...?
ETWAS LIEBE? ♥
ICH WAR ANFANGS SO ZÖGERLICH, SEX MIT EINEM MANN ZU HABEN. UND JETZT TUN WIR ES JEDEN TAG.
ICH FRAGE MICH, WARUM ICH JEMALS ETWAS DAGEGEN HATTE...

DER SEX MIT CAMILO IST EINFACH UNGLAUBLICH!
SEUFZ
RUBBEL
HAPP
STREICHEL
ZITTER

NICHT DA...
SH, ICH NEHM NUR MEINE FINGER... DAS...
... HIER ...
... FÜHLT SICH GUT AN, NICHT?
SPLSH
AH!
CAMI...!
BEB
SPÜRST DU DAS?
ZITTER
BEB BEB
WIR TREIBEN ES ZWAR JEDE NACHT...
... ABER BISHER IST ER NUR 3 MAL RICHTIG IN MICH EINGEDRUNGEN...
WAHRSCHEINLICH WILL ER MICH NOCH NICHT ÜBERFORDERN.
SPLSH SPLSH
CAMILO, NICHT...
JA...
... ICH KANN MICH SONST NICHT MEHR ZURÜCKHALTEN...
HAH HAH
ALSO HÄLT ER SICH WIRKLICH ZURÜCK ...

ICH BLAS DIR EINEN, UND DANN BEFRIEDIGE ICH MICH SE...
DU DARFST ...
HM?
DU DARFST IN MICH EINDRIN-GEN...
FLAMM
BIST DU DIR SICHER?
ICH KANN NICHT EINFACH ABBRE-CHEN, WENN ICH IN DIR BIN.
ZITTER
RUB

AH!
UHMM...
SPLSHHH
AH!
ZITTER
BEB
CAMILO... IST IN MIR DRIN!
SPLSH
SPLSH
ICH KANN ES... ... MANCHMAL NOCH NICHT GLAUBEN...
OKAY?!
HAH
HAH
ALLES OKAY...
SAG MIR, FALLS ICH DIR WEHTUE.
AH
ZITTER
... DASS WIR SEX MITEINANDER HABEN!
QUIEK
SPLSH
SPLSH
QUIEK

AH!
HM.
UH...
ZITTER
STOOOOSS
STOSS
TEO, FÜHLT SICH DAS GUT AN?
HAH
HAH
HAH
HAH
STOSS
ZITTER
STOSS
STOSS
ICH KANN ES ZWAR...
HM.
... NICHT AUSSPRE-CHEN, ABER SEIN SCHWANZ IN MEINEM ARSCH FÜHLT SICH TOLL AN!
AH.
HM...
CAMILOS BEWE-GUNGEN ENTFA-CHEN EIN FEUER IN MIR...
HAH
HAH
OH
... UND LASSEN MICH FAST ZUM HÖHE-PUNKT KOM-MEN!!
STOSS
STOSS
SPLISH
SPLISH
STOSS
STOSS

DRÜCK
ZITTER
HAH
HAH
ZITTER
CAMILO, WENN DU DAS JETZT ...
WILLST DU KOM-MEN?
RUB
RUB
QUIEK
TEO!
AH!
CAMILO ...
DU BIST SO SÜSS, TEO.
ICH ...
AH!
... KO... AH!
STOSS
STOSS
STOSS
RUB
RUB
ICH FOLGE DIR GLEICH NACH...
STOSS♥
AH!
ZUCK

TEO!
STOSS
AH! ♥
AH!
STOSS
STOSS
STOSS
STOSS
STOSS
STOSS
CA ...
STOSS
... MILO ...
ICH KOMME ...
STOSS
HA.
ZITTER
AAAAH!!
HAH
HAH

HAAAH HAAAH
ALLES OKAY?
JA... JA!
ABER ICH KANN MICH ERST MAL NICHT BEWEGEN.
HAAAH HAAAH
ICH MUSS ZURÜCK IN DEN LADEN...
SCHLIESS IHN DOCH FÜR DEN REST DES TAGES...
WARUM HÄNGST DU DAS EINFACH SO AUF DIE WÄSCHELEI-NE?!
end.

liquor & cigarette

BL is magic

OROKEN

Magie und Dämonen existieren… Und Rubio, Mitglied einer Familie mächtiger schwarzer Magier, bringt beides mit! In der Menschenwelt angekommen, sucht er zusammen mit seinem Urgroßvater die Antwort darauf, weshalb er – als einziger Spross des Clans – seine dunklen Kräfte nicht anwenden kann. Menschen sind nervig – vor allem der Rebell Ati, mit dem sich Rubio ab sofort herumplagen muss. Aus Versehen verzaubert er den Quälgeist – und plötzlich ist Ati nicht nur mit Haut und Haar in den Magier verliebt, sondern nimmt auch noch eine wichtige Rolle in seinem Leben ein… Doch was ist für einen Magier, der seine Gefühle einst versiegelt hat, das Nervigste überhaupt? Genau: Die Liebe!

CARLSEN
MANGA!
www.carlsenmanga.de

HALT!

Dieser Comic beginnt nicht auf dieser Seite. **Liquor & Cigarette** ist ein japanischer Comic. Da in Japan von hinten nach vorn gelesen wird und von rechts nach links, müsst ihr auch diesen Comic auf der anderen Seite aufschlagen und von hinten nach vorn blättern. Auch die Bilder und Sprechblasen werden von rechts oben nach links unten gelesen, so wie die Grafik es hier zeigt. Schwer? Zuerst ungewohnt, aber dann geht es ganz einfach. Probiert es aus!

Viel Spaß mit **Liquor & Cigarette!**

CARLSEN MANGA
Deutsche Ausgabe/German Edition

Carlsen Verlag GmbH | Hamburg 2019
Aus dem Japanischen von Christiane Tamm

Originally published in Japan in 2018 by GENTOSHA COMICS INC.,Tokyo. | German translation rights arranged with GENTOSHA COMICS INC.,Tokyo, through TOHAN CORPORATION, Tokyo.
Redaktion: Britta Hellwig | Lettering: Vibrraant Publishing Studio | Herstellung: Karen Kollmetz
 | ISBN 978-3-551-75755-5

FSC www.fsc.org
MIX
Papier aus verantwortungsvollen Quellen
FSC® C083411